KB065522

첫 고양이 집사 이야기

정진홍에세이

반달뜨는꽃섬

첫묘 고양이 집사 이야기

정진홍에세이

프롤로그

  '초보 고양이 집사 이야기'는 입양에서 부터 고양이의 행동 이해, 일반적인 건강 문제 해결까지 로마와 꽁띠의 모든 것을 같이한 이야기입니다. 저는 저와 다른 많은 고양이 집사들에게 효과가 있었던 실용적인 조언·팁을 포함했습니다. 제 목표는 우리 모두 고양이를 사랑스럽고 응원하는 환경을 조성할 수 있도록 돕는 것입니다. 고양이들은 그곳에서 잘 자라고 행복해질 수 있습니다.

  '초보 고양이 집사 이야기'는 고양이 집사로서 제 경험담과 다른 고양이 애호가들의 일화도 수록되어 있습니다. 이러한 개인 계정이 고양이를 어떻게 돌봐야 할지 부담스럽거나 확신이 없는 사람들에게 도움이 되길바랍니다.

무엇보다도 '초보 고양이 집사 이야기'가 고양이에게 도움이 되고 유익한 자료가 되길 바랍니다. 당신이 새로운 고양이 주인이든, 이 매력적인 동물들에 대해 더 배우고자 하는 사람이든, 나는 이 책이 당신이 성공적이고 행복한 고양이 집사가 되기 위해 필요한 지식과 자신감을 주길 바랍니다.

이 책이 고양이 애호가들에게 길잡이가 되고 고양이 주인이 된 지 얼마 안 된 사람들이 두 팔을 벌리고 여정을 받아들이도록 격려해 주었으면 합니다.

목차

프롤로그

차례

1부 · 새로운 가족

새로운 가족

새로운 가족이 들어온 날이다. 노랑이는 4개월 수놈, 검은 새끼는 3개월 된 암컷인 아기 고양이다. 고양이 사랑이 지극한 딸의 채근에 세 번이나 고양이 카페를 들렀다. 여러 종류의 고양이가 노는 광경을 보자 속으로 부정적인 생각으로 결심하였는데도 어느 사이에 봄 눈 녹듯이 생각이 사르르 없어지고 만다.

카페에 있는 야옹이 가운데 가장 나이 어린 두 놈의 노는 모습이 활기차고 앙증스럽다. 두 아이를 집으로 데려오기로 했다. 변기를 비롯하여 먹이, 스크레취 등 고양이 살림도 우리 네 못지않게 보통이 아니게 복잡하다. 카페 주인이 날카로운 발톱을 손질하여 주었다.

그동안 유튜브를 통한 단편적인 야옹이 키우기 지식을 떠올리며 이것저것 궁금한 점을 교육받았다. 오는 차 안 뒷좌석에 실린 이동장에서 야옹이들이 야단이다. 출발 얼마 동안 얌전하더니 중간쯤 오자 울음소리와 함께 이동장의 창살을 긁어대며 요란을 피운다. 이리저리 달래며 어서 집에 도착하기만을 기다린다.

딸은 이 두 아이를 이동장에 넣는 순간, 카페의 생활 터전에서 함께 생활하던 성묘 가운데 이 두 어린 야옹이를 돌보던 성묘가 이미 눈치를 챈 듯, 어쩔 줄을 모르는 듯한 태도가 너무 맘에 걸린다고 한다.

이별이란 동물의 세계에서도 예외가 아니다,
슬프고 가슴 아픈 일이다.

이름 짓기

집에 들인 야옹이를 뭐라고 부르지?

그냥 야옹아 야옹아 불러? 검은 놈은 검둥이? 네로? 그리고 또 한 야옹이는 누렁이? 라테? 좋은 이름이 얼른 생각나질 않는다. 흔한 이름으로 부르기는 좀 싫다. 이름 짓기가 이렇게 힘들여서야 원!

완결 짓지 못하고 출근하였다. 왠지 조금 찝찝하다. 딸에게서 연락이 왔다. 한 달 빠른 노란 야옹이는 〈로마〉. 한 달 차이인 동생뻘인 까만 털 야옹이는 〈꽁띠〉. 오, 좋구나. 그런데 어디서 영감을 받았지? 문자 프랑스 와인 마을을 자주 들렀던 게 그 답이에요. 와인처럼 우리에게 행복을 주는

야옹이면 오케이다. 작명의 어려움을 이제야 알 것 같다. 어
릴 적 부모님께서 동생들의 이름을 짓고 오시어 행복해하시
던 표정을 새삼 떠올린다. 환경이 새로 바뀐 가운데서 이리
저리 돌아다니는 두 야옹이를 보니 저절로 즐겁다.

어린 야옹이를 홀로 키우면 외로워 우울증에 걸린다고 말
하는 카페 사장을 쳐다보며 속으로는 뺑이야 동물이 무슨
고독 우울증이 있담 생각하던 자신이 조금 생각이 부족하였
음을 반성한다.

밤잠 설치기

가족이 된 지 3일째다. 지난밤은 힘들었다. 그렇지 않아도 고양이 유튜버들이 이구동성으로 야용이 기르는 애로점 가운데 하나는 잠잘 시간을 빼앗긴다고 지적한다. 그래도 고양이를 키우시겠습니까? 반협박〈?〉이다. 이분들 충고는 고맙다. 단단한 각오 없이는 고양이를 돌보는 일이 힘들기 때문이다.

많은 사람이 고양이를 입양하였다가 남몰래 버리는 끔찍한 일이 일어나는 일이 또한 현실이다. 또한 초보 지식 없이 선불리 결정하는 일은 다시 생각할 경우다. 밤중에 조금 이상해서 깨었더니 입양된 새끼 두 마리 로마와 꽁띠가 나

의 발 위와 머리 근처에서 맴돌며 놀고 있다. 새로운 환경에
이들이 얼마나 스트레스를 받을까 하는 안타까움이 든다.
밤새 이 아이들같이 노느라 밤잠을 설쳤다. 안아주려고 하
면 도망친다. 얘들도 그쪽이 어떤 사람인가 내가 안심하고
의탁하여도 되는 사람인가 아직 결심하지 못하겠지.

　혼자 생각한다. 카페의 좁은 공간에서 지내다가 공간이
훨씬 넓은 곳으로 와서 이리저리 스트레스를 많이 받는 모
양이다. 입양하면 집 방 가운데서 아늑한 공간 하나쯤 배려
해야 하는 것이 아닐까. 형편도 가지각색이라 나름대로 세
밀한 설계가 필요하다.

셋째 날

　어제 아깽이하고 지내면서 잠이 많이 부족하다. 저녁에 침실 방문을 닫았더니 애들이 조용하다. 아깽이들을 위하여 피아노 방을 애들 방으로 정하고 변기며 식수 먹이 그릇을 모두 다시 배치한다. 아니나 다를까. 그동안 너무 힘들었던 지 잠을 자느라고 조용하다. 방을 정하지 않고 거실에 애들의 쉼터를 정한 게 잘못이었다.

　덕분에 모처럼 나도 숙면을 한다. 새벽에 방문을 조금 열어놓았더니 두 아깽이가 침대로 뛰어오른다. 어제까지만 하여도 접근만 하고 도망치던 녀석이 머리를 밀어 내민다. 쓰다듬자 좋아한다. 소심한 로마 놈은 잠깐 가까이 왔다가 다시 도망친다. 그러나 서로의 관계가 많이 발전하는 듯싶다.

두 녀석이 그동안 밀린 운동이나 하려는 듯 거실부터 달려오고 침대 밑으로 부지런하게 유격훈련을〈?〉한다. 조금 있다가 조금 내숭을 떨던 로마도 다가온다. 아하, 이래서 야옹이를 키우는구나 하는 후끈한 느낌이 들었다. 시간이 갈수록 서로의 관계성이 발전하고 끈끈한 정이 오갔으면 하는 생각을 한다.

맹수 놀이

지금 여기 내방은 열기가 차오른다. 손흥민 선수가 80m 드라이브 볼의 환상적인 플레이로 관중을 열광하게 하던 순간처럼 사랑하는 우리 집 애깽이들도 노는 데 열심이다. 장난감을 가지고 이리저리 굴리며 맹수가 먹이를 덮치는 연습을 한다. 그 모습이 보통의 놀이와도 다르다. 맹수의 세계에서는 토끼 한 마리를 사냥하여도 최선을 다한다고 하는데 영락없다.

새벽에 내 방에 침입하여 수면 방해가 너무 심하다. 잠긴 문밖에서 애타는 울음소리 문을 긁는 소리가 계속되면은 할 수 없이 문을 열어준다. 그 순간부터 내 공간은 고양이들의 독무대가 되고 이리저리 뛰어노는 폼이 꼭 올림픽 출전 선수들의 리허설 같다.

　낮에는 잠을 잘까? CCTV를 설치해? 별의별 궁리를 한다. 놀다가 내 옆에 와서 가만히 안기기도 한다. 마음을 어느 정도 주었다는 징표이다. 벌떡 배를 내밀어 보인다. 이제는 당신과 친할 때가 온 것 같아요. 고양이의 바디 랭귀지를 빨리 익혀야 할 텐데... 세상에 쉬운 일은 없다.

너는 누구냐

고양이는 독립심이 강하고 자립적 경향이 있다고 합니다. 직장에서 집에 왔을 때 꿍하게 쳐다보고 있는 녀석을 보면 때로는 섭섭한 감정이 든 적도 있다고 들었지요. 다 그런 건 아니라고 하나 개와는 조금 다른 것도 같습니다. 동물에게도 영혼이 있는가 하고 예부터 많은 논쟁이 있었지요. 어떻게 관찰하면 행동의 측면에서 볼 때는 다소 영혼을 지니고 있지 않나 하는 생각이 든 경우도 있다고 말하는 분들도 있습니다.

고양이는 아이들 두 살 내지 세 살 정도의 지능은 된다고 주장하는 동물학자도 있습니다. 힌두교나 불교의 윤회설을 따라가 보면 사람이 소 돼지 심지어 고양이, 개로 환생 되는 경우도 있다고 합니다. 그러고 보면 영혼 자체가 어떠한 계기로 활성화도 되고 퇴장될 수 있는, 그 무슨 이치가 있는지 궁금도 하네요.

고양이 실체를 다 아는 사람은 아직 없습니다. 공간적으로는 자기의 영역을 잘 지키며 살아간다는 것. 집사가 아무리 잘해 주어도 집 개처럼 충성심은 보이지 않는 독자적 근성이 세다는 점. 외모에 대한 청결을 우선하는 걸 보아, 사람이 자기 성찰을 통하여 완성의 길로 가는 그러한 생각을 하며 신통하고도 사랑스러운 생각이 듭니다.

논리적인 비약일까요?
고양이를 싫어하는 분들 가운데는 고양이에게서 미신적으로 도깨비 같은 영감 때문에 싫다고 합니다. 그분의 말씀에 동의할 수는 없으나 다른 동물에 비해 훨씬 영적인 면이 더 풍성하다고 여겨집니다. 앞으로 동물 생태학을 연구하시는 분들로부터 이 부분에 대한 의미 있는 연구 자료가 나올 걸 기대합니다. 하여튼 고양이는 사람의 가까운 거리에서 서로의 정을 나눌 수 있고 사랑을 받을 수 있는 동물임이 틀림없는 것 같습니다.

고양이는 정말 말할 줄 모를까.

아침에 로마가 주방의 냉장고 위로 올라갔다고 한다. 집 안 구석 가운데도 가장 외진 곳을 찾아 머리를 들여 민다. 저러다가 나오지 못하고 더러 죽는 경우도 있다는데 저 습관을 어떡하지.

새벽에 머리맡이 좀 이상하여 살펴보았더니 로마와 꽁띠가 구부린 채 잠을 자고 있다. 내 침대 위에서 잠까지 자다니 괘씸⟨?⟩하면서도 귀엽고 안쓰러운 생각이 든다. 요놈들과 좀 더 디테일한 대화는 할 수가 없을까? 고양이 언어를 연구한 학자들도 있을 법 한데 도무지 알 수가 없다.

1973년에 노벨 생리 의학상을 수상한 오스트리아 동물학자 캬를 폰 프리쉬의 연구는 나에게 큰 관심과 흥미를 주었다. 그의 연구에 의하면 꿀벌은 원을 그리거나 꼬리를 흔드는 율동을 통하여 정보를 전달, 춤추는 방식에 따라 꿀을 발견한 장소를 알려주고 꿀의 질까지 알려준다고 한다. 그는 꿀벌의 언어와 문법까지 판독하였다. 사람만이 언어를 가지고 있다는 속설을 보기 좋게 깨뜨린 것이다. 이 연구로 노벨상을 탄 그의 노력을 높이 사며 고양이 언어 연구의 진도는 어느 정도일까 하는 생각이 든다.

행태학적으로 고양이 꼬리, 또는 행동을 통한 고양이 의사에 대한 연구는 있으나 진일보한 고양이 언어가 궁금하기도 하다. 이걸 알면 고양이 세계와 사람 사이에 좀 더 긴밀하고 깊은 정을 나눌 수가 있지 않을까.

집사가 되니 궁금한 것도 많고 할 일도 늘어난다.
꽁띠야, 너 오늘 왜 이래? 삐졌어?
내가 나훈아처럼 테스형 노래를 불러야만 하겠어?

고층 낙하 증후군

딸에게서 카톡이 왔다. 우리 야깽이가 한꺼번에 하늘나라로 갈 뻔하였다는 놀라운 소식이다. 어떻게 된 거냐? 가슴이 섬짓하였다. 오빠 결혼할 때 언니가 해 온 아빠의 금침 이불과 함께 두 새끼 고양이들이 방바닥으로 떨어졌다고?

아주 두텁고 무게가 있어 우선 피아노 위 선반에 올려두었는데 높은 곳 좋아하는 우리 아깽이가 어느 사이 위로 올라가 놀이터를 만든 모양이다. 그런데, 아뿔사! 금침이 미끄러져 내리면서 두 놈이 함께 바닥으로 추락했단다. 그러나 어떻냐, 우리 아깽이들, 놀래어 묻는 아빠에게 딸이 말소리를 조금 정돈한다,

다행히 크게 다친 데는 없어요. 아빠, 근데 우리 아깽이가 재주는 좋은가 봐요, 그 높이에서 떨어졌는데 크게 다친 데가 없으니 말이에요. 높은데를 좋아하는 고양이 습성은 그렇다고 하나 신기하다.

책에서 읽은 〈고양이 고층 낙하 증후군〉이 떠올랐다. 고양이는 본능적으로 그리고 생체 구조적으로 낙하 시 응급 대처를 잘한다고 한다. 그러나 더러 골절되고 큰 외상을 입는 경우도 있다고 알려져 있다. 녀석들 입양된 지 며칠이라고 벌써 사고를 치냐. 막상 집에 가서 야깽이를 보니 두 녀석은 방구석에서 잠을 자고 있다 제들은 또 얼마나 놀랐을까 측은한 생각이다.

처음으로 대화하다

오전에 성당 미사를 봉헌하고 오느라 애들만 집에 두었다. 먹이와 물은 그릇에 가득 채웠다. 다녀올 때까지 잘 있어? 대답이 없네. 개는 꼬리라도 살랑 흔드는데 어쩌랴 이미 집사 신세가 되었는데 애들과 시비하겠어 속으로 마음을 다스렸다.

오후에 피곤하여 잠깐 눈을 붙이고 있는데, 두 녀석이 옆에 누워있다. 애들 앞에선 찬물도 못 마신다는 말이 있지, 저녁 5시가 넘었다. 잠시 책을 읽고 있는데 로마가 나에게 다가온다. 얼굴을 내 몸에 비비고 손을 물고 소리를 낸다. 이전에는 안 하던 짓이다. 그러나 애들의 조그마한 동작이나 소리도 신경을 쓰기로 한 이상 유심히 지켜보기로 한다.

　얼핏 스치는 것이 있다. 요 애들이 배가 고픈 것이 아닐까? 나에게 열심히 밥때가 되었어요. 배고파요. 한다는 소리로 들려 먹이를 꺼내 그릇에 담았더니 두 녀석이 달려들어 허겁지겁 먹는다. 미안하다 미안, 너희 식때를 깜빡했구나 . 이제 조금씩 소통이 되는 듯싶다. 기분은 조금은 업 된다.

길고양이에게 먹이 주지마?

아파트 엘리베이터 입구 벽에 느닷없이 안내문이 붙어있다. 길고양이를 싫어하는 주민들이 관리실에 전화를 넣는다고 한다. 우리 라인에 사는 아주머니 두어 분이 고양이를 싫어하는지 그동안 먹이를 주는 여러 사람을 못마땅해 왔다.

이유를 관리소장에게 물었다. 화단이 지저분하다고 그런다나 그리고 이런저런 말을 하는데 납득할 수가 없다. 길고양이가 엘리베이터를 타고 현관으로 올라가 문을 두드리나. 밤중에 온 아파트 주민들의 잠을 깨우기나 하나. 공동생활하면 별의별 사람이 있다.

소장에게 안내문을 당장 떼지 않으면 동물 보호 협회에

진정하고 언론에 제보하겠노라고 다그친다. 일단 약속은 받았으나 무슨 딴지를 또 걸는지 모른다. 먹이를 주지 않으면 올겨울에 죽어 나갈 고양이 여러 생명은 누구 책임일까. 많던 쥐들도 보이질 않고 음식물 수거통을 뒤지는 경우도 근래에는 보이질 않는다. 겨울 대비용으로 상자를 준비한 것도 이유를 대는 사람들.

이분들은 소수여도 큰 목소리와 어거지 논리로 사람들을 윽박지른다. 결론은 고양이 자체가 싫다는 소리다. 왜 공동주택에 사는지 이해가 안 간다. 길고양이 먹이를 챙기다 초보 집시까지 된 내 처지를 생각한다. 씁쓸한 날이다.

로마와 함께

밤중에 잠을 깼다. 우당탕 방에서 올림픽 대회가 열린 줄 알았다. 로마와 꽁띠가 장난감을 가지고 놀면서 이리저리 달리고 야단이다. 말려도 소용없다. 방문을 열고 거실로 내쫓았다. 조금 후에 방문을 부딪치는 소리 긁는 소리가 요란하다. 모르는 척하고 잠을 청한다.

계속 소리가 시끄러워 방문을 열었다. 번개같이 방으로 들어와 잠시 구석에 있더니 두 녀석이 다시금 마라톤을 시작한다. 행여나 아래층에 들릴까 염려된다. 문을 열고 다시 거실로 내쫓았다. 이러기를 여러 번. 결국은 지치는 쪽은 집사다. 그 시점에서 아깽이들도 힘들었는지 침대의 한구석에 얌전히 올라와서 잠을 자고 있다.

　고양이가 야행 동물이긴 하나 낮잠을 너무 잘 자는 것도 문제다. 아침에 일어나자 언제 그런 일이 있느냐는 등 야옹 소리를 낸다. 아마 좋아하는 간식을 달라는 말인 것도 같다. 고양이의 습성을 이해하려면 시간이 더 필요할 것 같다.

개성미의 공주 〈꽁띠〉 이야기

동물도 영혼이 있는가?

예부터 많은 사람이 논쟁해 왔다. 어떤 사람은 영혼이랄 것은 없고 저급한 인지만 있다고 단언한다. 다른 의견은 2-3세 정도의 아이들 정신 능력이 있음을 주장한다.

꽁띠는 3개월 된 우리 집 암컷 고양이다. 눈치 빠르고 행동이 민첩하기 짝이 없다. 놀이봉을 잡으려 폴싹 뛰는 재주는 김연아 선수 못지않다. 간식을 먹을 때는 오빠뻘인 로마가 입으로 넣기 전에 먹이를 가로챈다. 창문을 통하여 내려다보이는 길 위의 사람들. 자동차를 동경한다.

집 안에서는 고양이가 들어가서는 안 될 방에 대한 호기심이 지극하다. 어쩌다가 그 방에 들어가면 웬만해서는 이 녀석을 몰아내기가 쉽지 않다. 가구 뒤편의 좁은 공간 속으로 파고들어 애를 먹는다. 생긴 모습도 독특하다. 동그란 눈동자는 범상한 눈이 아니다. 가슴과 배 부위의 하얀 털은 검은 드레스에 하얀 양장 옷을 매치한 앙드레 김의 작품을 입고 있는 듯하다. 영특하고 멋있고 운동 신경이 너무 뛰어나고 호기심 많아 요즈음 젊은 세대의 기질 그대로다.

입양 초기에는 너무 눈치 보고 친해지기 어려웠다. 요즈음은 쓰다듬어 주면 무릎에서 가만히 누워있고 눈도 스르르 감는다. 가르릉 소리를 듣는 사람도 기분을 평온하게 한다. 점점 가까이 되고 진심을 나누는 세상을 꿈꾸어본다.

피카소가 사랑한 〈고양이 카페〉들

파블로 피카소는 20세기 최고의 화가의 한 사람이다. 큐비즘으로 불리는 그의 그림은 입체적인 구도를 통하여 화가 세잔이 일구어낸 중심점에 따른 원근법을 넘어 새로운 미술 기법과 그림 정신을 보여준 화가로 이름을 날리고 있다.

그는 젊은 시절, 프랑스 파리로 가서 작품 활동을 했다. 몽마르트 언덕을 중심으로 미술사에서 그의 청색시대라고 말하는 청색을 주로 한 그림을 그렸다. 이때 〈검은 고양이 카페〉를 자주 다녔다고 한다. 여기서 드비씨, 장 곡토 같은 예술인들과 교분을 쌓는다.

그 앞서 스페인 바르셀로나에 있는 〈고양이 네 마리 카페〉

는 젊은 화가 피카소가 단골이었다는 인연으로 명소가 되어 지금도 스페인 여행객들에게는 많은 관심을 끈다. 그는 수많은 작품을 남긴 것으로 유명하다. 총 3만이 넘는 작품 가운데 그림은 13,500점, 조각 700점, 도예 16,000점이나 된다.

스페인에 있었던 〈게르니카〉마을은 총통 프랑코와 나치 독일이 공모하여 무자비한 공중 폭탄 투여로 수많은 사람을 죽고 다치게 하고 이를 음폐하려 했다. 피카소는 이를 그림으로서 세계인의 양심에 이들의 만행을 고발했다. 게르니카 그림은 현재 뉴욕의 유엔본부에 걸려있다.

새 커튼이 망가지는 날

　얼마 전에 새로 단 방안 커튼이 엉망이 되었다. 새로 우리 집 가족이 된 아깽이 가운데 꽁띠의 짓이다. 젖혀 둔 커튼 속이 좀 이상하다 싶었다. 속에서 무언가 꿈틀거린다. 이게 뭐야, 이럴 일이 없었는데. 조금 있다가 꿈틀거림이 바삐 위로 올라간다. 아뿔싸, 얼른 감이 잡힌다. 커튼을 두드리면서 야단을 쳤다. 밑으로 튀어나온 꽁띠가 후다닥 뺑소니친다. 커튼의 여기저기에 고양이가 할퀸 자국이 보기 싫게 나 있다.

　고양이를 기르면 이런 사태가 올 수 있다고 선배 집사 분들이 유튜브에 올린 것을 보았는데 드디어 현실이 되었구

나. 애들이 조금 컸나? 우리 집 가족이 되어 쪼끔 재주도 늘고 안면도 트였나? 에라, 커튼은 얼마 지나서 너무 보기 싫으면 새로 달면 되지 하고 체념한다.

야단을 맞은 꽁띠가 안쓰러워 좋아하는 간식을 주었더니 좋아 어쩔 줄을 모른다. 간식을 너무 자주 주면 먹이를 안 먹는다고 하는데도 다른 수가 없다. 지금 단계에서 아껭이와 소통을 높이는 길은 이 방법뿐일 것 같은 생각이 들었다.

저녁에 반대편의 커튼에 고양이가 할퀸 자국이 또 보였다. 요 녀석이 이젠 나의 인내심을 시험하나, 방안 구석에서 나를 빤히 쳐다보는 꽁띠를 보는 순간, 조금 전의 부아가 싹 사라진다. 쓰다듬어 주니 가르릉 소리가 점점 커진다.

고양이도 개성이 있다.

로마를 사람들은 예쁘게 생겼다 또는 잘 생겼다고 말들한다. 치즈 타입의 몸통이지만 우선 털이 자르르한 윤기가 넘치고 부드럽다. 행동이 조금 점잖다고 말하면 동물을 사람에 견주어 평가하는 잘못을 지적받으려나. 동생 꽁티는한 마디로 영리하고 현대인들의 기질을 조금 닮은 것도 같다. 먹이를 쟁취하는 데도 억척이다. 간식 먹는 시간에 미리달려와 나의 손목을 잡아끈다. 옆에 로마가 기다리고 있어도 막무가내다. 적극적이고 진취적이어서 놀이 시간에도 조금 떨어진 곳에서 유심히 살피다가 충분한 공격 자세를 취한 후에 질풍노도처럼 공격한다.

물론 로마도 이런 자세를 취하긴 하나 꽁띠의 사냥 연습
은 더 집요하고 지능적임을 알 수가 있다. 밤중에 자다 보면
나의 발아래 누워있던지, 의자 위에서 눈을 감고 있다. 로마
는 탁자 위의 방석에서 눈을 감고 자고 있다. 로마가 자주
지적받는 행위에는 식탁 위로 올라와 기웃 거름이다. 이럴
땐 사정없이 야단을 맞는데도 여전하다. 꽁띠는 야단맞는
로마를 눈치채고 그러는지 아예 식탁 위로 오를 생각을 하
지 않는다. 동물의 세계에서도 개성의 차이는 생존의 활동
영역에서 뚜렷하게 보여준다.

봄은 고양이로다

이장희 시인은 29세 〈1900-1929〉로 세상을 마감한 대구 출신. 생전에 30여 편의 시를 발표한다. 이상화 시인과는 한 살 차이다. 극심한 경제적 어려움을 겪다가 스스로 세상을 하직하였다. 이 시는 금성 잡지에 발표한 시로 그의 감성적 천재성을 엿볼 수 있는 작품이다.

봄은 고양이로다

이장희

꽃가루와 같이 부드러운 고양이의 털에
고운 봄의 향기가 어리우도다

금방울과 같이 호둥그란 고양이 눈에
미친 봄의 불길이 흐르도다

고요히 다 물은 고양이의 입술
포근한 봄 졸음이 떠돌아라

날카롭게 쭉 뻗은 고양이의 수염에
푸른 봄의 생기만 뛰놀아라

두 야옹이, 삶의 일상에 적응되어 가다

늦게 귀가하였다. 그동안 두 아깽이들은 잘 있었을까. 집
에 아무도 없는 상태가 마음이 걸린다. 현관문을 열자 두 녀
석이 문 쪽을 향하여 얼굴을 쳐들고 있다. 문소리가 나자 달
려온 것인지 진즉부터 기다렸는지는 알 길 없으나 눈을 이
렇게 마주치기는 처음인 것 같다. 잘 있었어? 로마야. 꽁티
야, 강아지는 이럴 때 꼬리를 살랑살랑 흔든다고 하나 야옹
이는 그러한 애교는 먼 것 같다. 야옹이 두 눈이 집사 얼굴
을 보자. 반갑다는 기색을 느낄 수가 있다.

어제까지만 하여도 한번 쳐다보고 저리로 가버린 녀석 들
이다. 이제 점점 철이 들기 시작한 거야, 아니면 시장기가

들었던 거야. 그러나 나의 서제방으로 자꾸 침입하려는 습관은 여전하다. 들어오면 컴퓨터 본체 위가 이 녀석들 안락의자가 된다. 서가의 책 앞에 떠억 하니 누워있는 광경이라니. 제들이 무슨 대단한 왕이나 여왕이나 된 줄 아는 것이 아닐까. 점점 집안 구조 탐색이 후반기에 다다른 것 같은 느낌이 든다.

캣 타워의 효력

아깽이가 피아노 위로 올라가더니, 이제는 옷장을 비롯해 조금 높이가 있는 가구 위면 무조건 오른다. 제들이 무슨 에베레스트 산정을 오르는 산악 등산가인가. 캣 타워를 주문하였다.

처음에는 저게 뭔가. 별것이 다 있네 하고 관심이 없는 것 같다. 하루가 지나니 먼저 오빠 되는 로마가 잽싸게 오른다. 이를 찬찬히 바라보던 꽁띠가 내가 질소냐 하듯 따라 오른다. 마지막 층에서 아래를 내려다보는 모습은 영락없이 시저가 로마를 평정하고 원로원에 오른 듯한 의기양양한 모습이다. 얼마 있더니 두 녀석이 권투 시합을 한다. 톡톡 잽을 날리는 모습이다.

　장난치고는 사정 두지 않고 펀치를 날린다. 그러다가 또 부둥켜안고 장난질이다. 놀이기구에 싫증 내는 아깽이들에게 기구 선택에 좀 더 신경을 써야 할 것 같다. 사람이나 동물에서도 발달 과정에 걸맞은 놀이기구의 필요성을 생각한다.

히라이데 다카시 〈고양이 손님〉

일본의 시인이자 소설가인 히라이데 다카시의 소설이다. 24개국에서 출간되었다. 이 작품은 스토리텔링을 기대하는 독자에겐 조금 지루한 느낌이 오려는 지 모른다.

치비란 이름의 이웃집 고양이와 얽힌 잔잔한 이야기를 통해 사람과 동물과의 정에 대한 경계의 벽을 넘어서는 모습을 알게 된다. 집사들의 가슴 깊이에서 터져 나오는 사랑의 실체를 생각하게 된다. 치비는 시도 때도 없이 이웃집으로 놀러 온다. 점차 이 고양이를 사랑하게 되나 어느 날, 치비는 길에서 차에 치여 죽고 만다.

〈고양이는 보호자에게만 마음을 허락한다, 그래서 가장 사랑스러운 모습은 보호자 앞에서만 보여준다. 고양이를 소유하는 것을 알지 못한 채 단지 기르는 상태만을 맛보고 있는 부부에게 치비는 자신의 가장 어리광 부리는 모습을 내보인 적이 없을 터였다.〉

비단 고양이뿐일까 사람과 사람 사이의 관계에서도 서로를 이해한다는 의미, 경계의 벽을 허무는 일의 어려움을 생각하게 된다.

사춘기와 중성화 수술

수고양이 로마가 조금 이상하다고 한다. 의욕이 약간 떨어진 느낌이고 야옹 소리가 평소보다 다르다고 한다. 다르다고? 어떻게 다른데? 딸에게 연거푸 묻는다. 목소리가 무언가 호소하는 듯 애처로운 듯하네요. 혹시 사춘기가 왔는지도 모르지요. 겨우 5개월 정도에 사춘기라? 동물의 생리학에 어두운 내가 정확한 답을 얻기에는 조금 벅차다.

동물병원 의사 말이 사춘기란다. 중성화 수술을 가급적 빨리하는 게 좋다고 한다. 오늘 온 김에 그냥 수술받을까요, 하는 수의사에게 일단 집에 데리고 가서 내일 다시 가기로 했다고 한다. 그리고 보니 로마가 어제까지 활달하던 놀이며 먹이를 채근하는 듯한 모습이 많이 보이질 않는 것도 같다. 야옹이 집사가 되니 이제는 사춘기를 신경 써야 할 형편이 드디어 오는 듯싶어 감개무량〈?〉하다.

　런던대학교에 계셨던 J, M Tanner 박사의 책에 나오는 사춘기 아이들에 관한 여러 연구 사례가 떠오른다. 물론 사람과는 많이 다르겠지만 조심스럽게 이 과정을 지나야 할 것 같은 생각이 든다.

수술 후 과제

미루던 중성화 수술받았다. 병원에 가는 길에 이동장 안의 로마는 요란하였다고 한다. 몸부림치고 소리를 내지르고 동물병원에서 가서도 여전하여 진정제 주사를 맞았다고 한다. 예감이 좀 이상했던가 아니면 꽁띠를 집에 놓아두고 저만 가는 게 겁이 났나?

수술을 무사히 끝나고 집에 돌아왔다. 고생하였다고 딸은 로마에 지극 공대를 한다. 아직 마취가 덜 풀렸는지 조금 해롱해롱한다. 하루가 지나자 정신이 들었으나 나의 방과 침실 방을 로마에 공개하여도 안절부절못한다. 둘이를 절대 분리하여야 한다는 병원 의사의 말씀이다. 상처 부위를 혀로 훑아 감염이 오면 새판잡이로 고환을 들어내는 큰 수술을 받게 되는 수가 있다고 하니 조금 염려도 된다.

병원에서 이를 방지하고자 얼굴에 낀 플라스틱 깔때기로 물 마시는 일, 먹이를 먹는 일에 여간 애를 먹는다. 먹이 그릇에 깔때기가 부딪쳐 음식을 먹는 일이 결코 쉬운 일은 아니다. 먹이 그릇을 다시 조정하였다. 수술 부위의 감염이 우려되어 열 체크, 37.5C. 병원에서는 정상이라고 한다. 고양이 체온은 사람보다 약간 높다고 한다. 좋아하는 간식은 될 수 있으면 피하라고 한다. 잘못되어 위장염이 오는 경우도 있다고 한다. 내 침실 방의 전등을 밤새 켜놓았다. 수술 후의 회복실에 입원한 환자처럼 로마의 상태로 가족이 긴장한다.

수술 후 생활

약 7일간의 기간이 야옹이 상처가 여무는 기간이다. 깔때기를 낀 수술 당사자인 로마는 내 방과 침실 방을 오간다. 물 마시는 일, 밥 먹는 일에 너무 고생한다. 이 삼 일이 지나자 내 침대로 기어올라 옆에 눕기도 한다. 안쓰러워 안아주었다. 평소 같으면 바로 튀어 나가는데 가만히 안긴다. 수술 부위가 탈이 나지 안 하여야 할 텐데 걱정이다. 야옹이 수발하는데 이 무슨 생고생인가 하는 후회〈?〉가 든다.

그것도 잠시, 때로는 두 눈으로 나를 바라보는 모습을 보면 귀엽고 예쁘다. 아하, 그래서 많은 집사님이 야옹이 수발에 정성을 쏟는다고 하는 이해를 얻는다. 겪어보아야 안다는 말이 틀린 말은 아니다. 거실과 다른 방을 오가며 혼자 노는 꽁띠는 이제는 친구가 유폐〈?〉생활을 하자 잠은 딸 방에서 잔다. 여전히 로마가 있는 방을 찾아 닫힌 문을 두드리고 긁고 소리를 지른다. 하루가 이렇게 더디 가지. 빨리 깔때기를 떼고 활발히 노는 날이 와야 할 텐데.

야옹이, 로미오와 줄리엣

정신이 드는지, 물과 먹이를 조금씩 먹기 시작한다. 깔때기를 그릇에 맞추려 애쓰는 모습이 안타깝다. 이를 조금 느슨하게 다시 조정해? 잘 못 하다가 그릇될까 염려되어 그대로 두고 살피기로 하였다. 조금 있더니 문밖에서 야옹이 소리와 함께 문을 긁는 소리가 요란하다. 로마도 방 안에서 소리를 듣자 문으로 달려가 소리를 내지르고 몸으로 잠긴 문을 부딪치고 야단, 밖에서는 꽁띠가 더욱더 야단이다. 이를 어쩌나, 둘이를 만나게 하면 틀림없이 병원에서 염려한 데로 수술 부위를 건드려 탈이 날 텐데. 그렇지 않아도 로마는 수시로 수술 부위를 핥으려고 하나 깔때기 때문에 그만두고 만다. 이런 일이 하루에도 몇 번이니 집사 노릇 하기도 보통 일은 아니다. 방 밖으로 나가 꽁띠를 달래려고 좋아하는 간식을 준다. 그 순간뿐이고 조금 있다가 또 야단이다. 암수를 함께 기르는 일이 이런 문제가 있을 줄은 몰랐다. 더구나 둘이는 태어나 3.4개월을 고양이 카페에서 함께 생활하였던 터라 정의가 오직 할까. 순간 베로나의 줄리엣 생가를 갔을 때, 그 집의 베란다가 생각난다. 땅 위의 로미오와 이층 베란다의 줄리엣의 서로 애타는 만남과도 같다. 두 야옹이를 보니 마음 한구석에 내가 조금 잘못하고 있지 않나 하는 안타까운 생각이 든다. 사람 못지않게 동물을 가족으로 맞아들이는 일, 마음의 준비 태세도 중요한 것 같다.

로마와 꽁띠가 다시 만나는 날

오늘이 두 아깽이가 격리를 끝나는 날이다. 로마는 그동안 며칠 사이에 얼굴이 좀 마른 것 같다. 방문 뒤에서 이미 꽁띠가 기다리고 있다. 로마도 문 이편에서 꽁띠를 기다리고 있는 모습이다. 문이 열리자마자 두 아깽이는 반가워 어쩔 줄을 모른다. 입술을 부딪치며 반가워한다.

사람 사는 세상에서만 있는 줄 알았던 뽀뽀가 동물 세계에서도 통용된다고 하는 감탄이다. 다음에는 앞발로 서로를 가볍게 치기 이어서 정신없이 온 집안을 달리기한다. 그동안의 괴롭고 불편했던 한풀이를 하려는 듯 로마의 자세는 보통이 아니다. 이리 뛰고 저리 뛰고, 둘이서 온 집안을

휘젓고 다닌다. 오후부터는 분위기가 약간 반전되었다. 로마가 적극적인 데 반해 꽁띠가 조금 피하는 기색이라고 한다. 왜 그러지? 며칠간 서로 격리되어 섭섭했나? 아니면? 암·수 야깽이의 감정이 이렇게도 다양할까. 사람 못지않은 감정의 폭이 있음을 느낀다. 내가 너무 확대 해석을 하는 것 아닐까? 고양이 세계를 이해하는 일이 재미는 있으나 결코 수월한 일은 아닌 것 같다.

삶의 강물은 흐르고

가족이 된 지가 어언 한 달이 넘었다. 그동안 로마가 중성
화 수술하여 일주일간 제 방에 갇혀 고생 좀 하였고 아이들
은 무럭무럭 자랐다.

집에 오신 사람들은 그동안 많이 컸다고 예쁘다고 칭찬
이다. 밤에 자다가 보면 내 발치의 침대 모서리에 두 녀석이
자고 있다. 혹시나 추울까 저어되어 가만히 침구 끝으로 덮
어준다. 퇴근 시에 집에 오면 어느 때는 현관문을 향해 기다
리고 있다. 기분이 좋아 간식을 꺼내 주면은 로마와 꽁띠가
서로 먼저 달라고 경쟁이다. 여기요 여기요, 그러나 공평하
게 나누어 준다는 원칙은 변함이 없다.

때로는 식당의 식탁 아래서 따뜻한 바닥에 등을 대고 누워있다. 애들의 습성이 한자리에서만 잠자리를 들지 않는 것 같다. 놀이기구를 여러 개 준비했는데도 곧 싫증을 느낀다. 딸은 캣 휠을 사자고 하나 온 집안이 고양이용품으로 꽉 차 있을 걸 상상하면 주저된다. 사람의 생활 공간을 야깽이들을 위해 야금야금 다 양보해? 아직은 초보 집사이기 때문일까.

2부 · 소통의 장이 시작되다

고양이의 개성

고양이들을 놔두고 외출하였다. 딸은 걱정이다, 아기 고양이들이 괜찮을까요? 먹이와 물을 충분하게 준비하고 두어 시간 다녀오면 괜찮을 것도 같다만, 밖에 나오고 있어도 조금은 신경이 쓰인다. 집에 남아있는 아기 고양이에게 이렇게 마음 졸이는 경우는 처음인 듯싶다.

집에 돌아오니 현관문 안쪽에서 두 녀석이 문을 을 향해 앉아있다. 이를 어쩌지, 안쓰러운 생각이 든다. 좋아하는 간식을 꺼내려 하자 두 녀석이 반게 반게 뛰어오른다. 간식을 쪼개어 로마에게 먹이자 꽁띠가 내 팔을 잡아끈다. 자기가 먼저 먹겠다는 의사다. 새침하나 겁이 많고 영특한 꽁띠다.

로마는 성질이 전혀 다르다. 몸 움직임이 날렵하지 않으나 열을 내면 질풍노도와 같다. 개성의 차이가 뚜렷하다. 동물이라고 개성 운운하는 게 웃음거리라고 여기면 아예 애완동물을 키울 염두 내지 말아야 한다는 나의 의견이다.

스마트폰 속의 고양이들

날씨가 매우 춥다. 아침에 눈발이 간혹 날리다 멎는다 하였더니 올 들어 처음인 듯 귓불이 아릴 정도의 추위다. 아침 출근 준비에 부산하였던 하루의 시작이다. 안쪽 현관문을 열고 나서려고 하는데 집에서 키우는 고양이 두 녀석이 따라와 주인이 나가려는 모습을 쳐다보고 있다. 하루 종일 애들만 남아서 그릇에 담긴 먹이를 먹던지, 심심하면 저희끼리 장난질하면서 놀고, 그것도 지치면 잠을 자는 게 일상인 애들을 생각한다. 빤히 쳐다보는 눈길에 왈칵 안쓰럽고 소중한 생각이 든다. 그 누가 아침 출근길을 배웅하는 사람이 있는가. 일터에 와서도 때때로 스마트폰에 저장된 고양이 사진을 꺼내 본다. 다른 사람이 나를 보면 무슨 좋은 일이 있는 줄 오해하겠다고 생각되어 슬그머니 폰을 닫는다.

이집트 고양이신 Bast

고대 이집트에서는 고양이 여신인 Bast를 섬겼다고 한다. 이는 풍요와 다산을 상징하고 모성애를 말한다. 고양이가 쥐로부터 곡식을 지켜주는 것 외에도 신으로 승격된 데는 고양이의 형태, 삶에서 범상하지 않음을 이집트인들이 알았을 까닭이라고 생각된다.

구토 증상에 온 식구들 난리 나다

어제부터 꽁띠가 구토한다고 한다. 열도 없고 노는 것도 비교적 활발하고 식욕부진 같은 증상도 없다. 좀 두고 관찰하자고 걱정하는 딸을 달랜다.

토사물을 살피니 약간 누런 색깔인 걸로 보아 이건 위액이 함께 배출된 모양이다. 저녁때 연이어 두서너 번 구토한다. 토사물에 섞여 나오는 음식 찌꺼기나 별다른 이물은 보이질 않는다. 오늘 출근 후에 연락이 왔다. 피가 나온다고 딸의 걱정 어린 음성을 들으니 가슴이 덜컥하여진다. 색깔은? 양은? 속사포처럼 나의 질문이 계속된다. 핑크색인데 토사물은 양이 많지는 않고 두어 차례 토했다고 한다.

큰아들에게서 연락이 왔다. 혹시 고양이 코로나바이러스

감염증이 아닌지? 카톡으로 보낸 자료를 보니 기분이 좀 그렇다. 세계 사람을 괴롭히는 코로나와는 성씨만 같지만, 코로나라고 하면 거의 일 년 동안의 지긋지긋한 생각만 드는 요즈음이다. 고양이를 데리고 빨리 병원을 찾아가도록 하였다.

오후에 접어들어도 딸에게서는 소식이 없다. 카톡을 부리나케 날린다. 병원에서 무어라고? 검사는 모두 다 했냐? 범백, 코로나 검사, 기타 여러 검사를 하였는데 정상이란 데요. 그럼 핑크색 토사물은 무엇이지. 왜 그러지? 글쎄요, 거기에 대해서는 별말씀을 안 하고, 또 토하면 오라고 하던 데요.

특이한 소견이 없다는 말에는 조금 마음이 놓이나, 원인을 명확히 몰라 걱정이 된다. 결국은 스트레스성 구토증이란 말이겠지. 혼자 자신에게 다짐한다. 그래 좋은 것이 좋은 거지. 구토는 집사들에게는 골치 아픈 증상의 하나인 것 같다.

로마의 반란

　고양이를 입양한 것을 축하드린다고 지인께서 선물을 보내주셨다. 예쁜 숨숨집과 끝에 참새 깃털이 달린 놀이 봉이다. 현재까지 모아온 놀이 봉이 10여 개가 다다른다. 싫증을 잘 느끼는 아깽이에게 이전의 놀이 봉은 너무나 식상한 듯 반응이 점점 별로다. 이번 참새 깃털 놀이 봉을 시연하자, 로마가 평소에 보이지 안 하던 행동을 결연하게 하여서 매우 놀랐다. 재빨리 놀이 봉을 낚아채어 침대 밑으로 끌고 들어간다. 콩띠고 집사고 간에 아예 로마의 안중에는 없다.

　이를 내놓으라는 집사의 요구에도 계속　으르렁 소리를 낸다. 그 표정이라니 처음으로 순둥이라던 로마의 야성적인 모습을 보았다. 스트레스가 쌓인 결과일까? 아니면 얼마 전의 중성화 수술 영향일까. 새로운 놀이 봉으로 로마의 참 모습을 보는 것 같아 고양이를 키우는 사람은 신경을 써야 할 것 같다는 생각이 든다.

깨물고 긁고

집고양이를 키우지 않는 대부분 사람은 고양이가 사람에게 유순하고 너무 잘 따르는 걸로 알고 있다. 순종 잘한다는 말에 토를 달고 싶지는 않다. 그러나 이들도 야성의 종으로 사람 곁에서 살기 시작한 이래 순치가 되어 인간과 매우 잘 어울리는 관계가 되었다.

우리 집 로마와 꽁띠가 그렇다. 때로는 무슨 이유인지는 얼른 깨닫지 못하는 가운데 내 손을 깨문다. 날카로운 이빨에 물리면 자기도 모르는 사이에 〈아이야〉하고 비명이 나온다. 물리면 바로 집에 마련된 소독약을 바르긴 하나 조금 꽤 씸〈?〉한 생각이 든다. 아서라, 동물이 사람과 같이 섬세하

고 이성이 있다면 동물이겠나 하고 자신에게 설명한다. 문
제는 자주 물리게 되면 모르는 사이에 상처를 통한 바이러
스나 세균의 침입이 조금은 염려된다. 물론 이런 경우는 매
우 드문 일이긴 하다. 야성은 아무리 시간이 가도 없어지지
는 않는다는 점을 새삼 깨닫게 된다.

갓 새로 설치한 이방 저방 커튼을 타고 오르며 재주를 자
랑하는 등쌀에 점점 헌 커튼에 되어간다. 이런 연습이 없으
면 동물 노릇 못하지 않을까. 아파트 화단을 중심으로 살던
길고양이가 이번 추위에 보이질 않아 걱정하였는데 어제 대
부분 살아남아 눈에 띄었다고 한다. 라. 세라. 비!

사춘기를 맞이한 집사의 고민

　요즈음 집고양이 꽁띠 때문에 사춘기에 접어든 고양이 공부를 한다. 대략 나이가 6개월 전후가 되면 발정기가 온다고 한다. 보통은 2 또는 3주간 계속하여 증후를 나타낸다고 한다. 발정기가 일 년이면 한두 번 정도로 찾아오니 애묘인들은 각오가 필요할 것 같다. 갑자기 벌렁 뒤로 눕는 자세를 보이고 배를 보이며 고개를 외로 틀어 쳐다보는 괴상함〈?〉에 깜짝 놀랐다.

　밤중이면 야옹 소리이긴 한데 조금 간절하다. 배고프다는 말인가 하여 먹이를 찾아 주곤 하나 잘 먹지를 않는다. 오라, 배고픈 것이 아니구나. 여러 날 지속되어 이 집사도 수면 부족으로 신경이 날카롭게 된다. 2주 정도 지나니 신통하게 앓는 소리가 언제 그랬냐는 듯이 뚝 그쳤다. 그러나 또 시작하기 전에 중성화 수술을 하는 게 옳을 것 같다. 주변 사람들의 의견도 비슷하다. 귀여운 모습에 새끼를 갖게 해? 도저히 그 과정을 돌볼 엄두가 나지 않는다

소신, 아뢰오, 고양이 폐하!

고양이와 즐겁게 놀아주는 방법은 무얼까? 놀이기구가 이젠 30여 개가 쌓여있다. 이 삼 일 지나면 곧 싫증을 느낀다. 새로운 놀이 채가 마련되면 두 녀석 모두가 김연아는 저리 가라는 듯 이리저리 뛰고 공중으로 터닝하고 신나게 논다. 며칠 지나면 그 놀이기구도 심통해진다. 쌓여있는 놀이기구를 관리하는 일도 보통이 아니다. 볼 굴리는 놀이판을 꽁띠는 비교적 잘 굴리고 재미를 붙이고 논다. 고양이에게도 지능과 운동 신경에는 다소간 차이가 있다.

옷방은 털 때문에 못 들어가게 하는데도 로마는 틈만 나면 어느 사이에 침입하여 말썽이다. 그래서 이 일로 꾸지람을 듣는 편이다. 꽁띠는 방문 밖에서 눈치를 보고 꿇어앉아 잠시 동향을 살핀다. 집사가 좀 느슨한 눈치면 번개같이 들어가 제일 높은 곳으로 올라가 떠억 하니 앉아있다. 천하를 발아래 굽어보며 에헴 하는 여황제의 태도다. 그러나 어쩌랴, 이미 집사 노릇을 맹세한 사람이 폐하를 극진하게 모시는 일이 의무가 되어 있음을.

무서운 몽이와 만나다

　몽이가 찾아왔다. 먼 길을 주인인 아들을 따라 집에 온 것이다. 개의 연령으로는 벌써 70살이라니 금년에 칠순 잔치를 계획하고 있다고 한다. 볼 때마다 외모며 노는 모습이 달리 보여진다.

　몽이를 보는 순간 우리 집 두 고양이의 모습이 가관이다. 특히 로마는 처음 보는 몽이에게 완전히 압도당하고 만다. 재빨리 제 방으로 도피, 꽁띠는 그래도 좀 담대한 편이다. 몽이 눈치를 살피며 주위를 맴돈다. 몽이 놈은 고양이 이 어린 녀석들아. 귓바퀴에 피도 안 마른 너희하고는 상대 안 한다는 듯 눈만 끔뻑끔뻑, 몽이가 제들 집으로 돌아갈 때까지

소원한 관계는 계속되었다. 고양이와 개를 함께 기르면 사이좋게 잘 지내던데 조금 신경이 쓰인다.

개를 처음 보아서 그러는가. 바깥세상을 전연 경험하지 못한 탓인가. 예방접종과 중성화 수술 차 방문한 동물병원 가는 것 이외는 세상 경험이 없다. 이래도 되는 것일까. 우리 아파트 길고양이들은 단지 내의 이곳저곳을 열심히 쏘다니던데 세상에는 별의별 동물이 있고 희한한 일도 부지기수로 있다는데 이 아이들을 이렇게 돌봐도 되는지 혼자 고민한다.

꽁띠도 수술받다

　우리 집 귀염둥이 꽁띠가 저녁마다 밤마다 소리를 낸다. 발정기 소리라고 고양이 집사를 하는 분들이 귀띔, 저 어린 놈을 배를 가르는 수술을 해? 생식기를 들어내는 수술이 너무 염려된다. 암컷인 경우는 집사들을 여간 골치를 아프게 한다. 그러나 얼마 있으면 기온도 오르고 밤마다 저러면 혹시나 이웃에 피해를 줄 수도 있다는 생각에 수술 결심을 하였다. 수술 후에 집에 온 꽁띠는 넋 나간 몰골이다.

　치마를 두르고 목에는 소위 엘리자베스 깔때기를 끼고 왔다. 여간 불편해하고 그동안 많은 스트레스를 받았는지 눈빛은 사람들 특히 집사에 대한 원망이 서린 것 같다. 뒷날 아침에도 물도 먹이도 먹을 생각하지 않는다. 물을 많이 먹어야 한다고 병원에서 말했다는데 걱정된다. 먹이도 여전히 거부다. 병원에 연락하니 스트레스와 탈수로 인한 증상 같다고 수액을 맞자고 한다. 식염수 500cc를 달고 집에 왔다. 물론 전량을 주입해서는 안 되고 150cc 정도만 넣기로 하였다. 주사 중에 야단법석, 알고 보니 수액이 들어가자 소변이 마려운 것 같아 잠시 변기로 안내한다.

주사를 맞은 후 식욕이 돌아왔는지 먹이를 먹기 시작. 조금 마음이 내린다. 내가 이렇게 정성을 쏟고 시중을 들었다면 나는 큰 효자 소리를 들었을 텐데, 어쩌다가 집사가 되어 이 고생〈?〉하나 하고 후회도 되나 큰 수술을 하고 먹이도 잘 안 먹는 꽁띠를 보니 안쓰러운 생각이 우선 간절해진다. 그래, 이게 고양이에 대한 사랑이야 하고 나 자신의 마음을 다독인다.

수술 후의 문제점

먹이를 입에 머금지도 않는다. 물도 거부한다. 난감하다. 탈수의 위험성을 잘 알고 있는 나 자신이다. 고양이 카페에서 만났던 여교수를 딸이 연락. 도움을 청했다. 평소에 길고양이를 돌보는 일, 고양이 사랑에 매진하는 분이다.

그의 생각은 워낙 예민한 꽁띠라 수액을 맞는 과정 그리고 수술 후에 꽉 맨 복부 붕대의 압박 등이 고양이를 어렵게 하는 것 같다는 의견이다. 카페 사장님과 일행이 일부러 틈을 내어 우리 집을 방문하였다. 몇 달 전에 길을 헤매는 꼬물이 꽁띠를 구조해 카페에서 키웠던 인연이 있는 분들이다. 그때의 귀엽던 모습을 떠올리며 우리 집으로 분양 갔다는 소식에 눈물을 흘렸다고 한다.

반가운 만남 후에 우선 목 칼라를 제거, 단단히 맨 복부 압박붕대를 떼어내고 옷을 입혔다. 복압이 증가하면 봉합실이 터지지 않을까 걱정도 되지만, 이럴 땐 과감한 선택도 필요하다. 그 후로 꽁띠가 생기를 찾았다. 우선 먹이를 먹기 시작하나 물 마시는 일은 더 시간이 지나서였다. 눈빛도 생기가 돈다. 야옹이 소리도 낸다. 로마가 옆에서 먹이를 채먹어도 이해를 하며 같이 먹는다.

　병원에서 10일간의 수술 돌봄을 말씀하였는데 기다림이 훨씬 여유가 생겼다. 딸이 이제야 웃으며 말한다 어휴, 엄마는 얼마나 힘들게 우리를 기르셨을까.

로마의 행동 변화

꽁띠가 수술받은 6일째다. 이제는 물도 먹이도 기대한 만큼 잘 먹는다. 캣 타워 맨 위층에 올라 내려다보는 귀여운 행동이며 피아노 위로 오르는 재주, 천장 밑의 자개농 위에 떠억 하니 올라앉아 거드름을 빼는 동작은 아직 멀었다. 걸음걸이도 약간 뒤뚱거린다. 수술 부위에 통증이 있을 법도 한데 잘 참는 꽁띠가 대견하다. 꽁띠가 잽싸게 몸 돌림이라는 일이 어렵게 되자 로마 놈이 심술을 낸다. 꽁띠한테 으르렁거리거나 심술을 부리는 일이 잦다.

왜 이래? 로마에게 타이르나 이를 알아먹지 못하는 동물이란 생각이 퍼뜩 들자 한숨으로 끝낸다. 간식을 꺼내면 두

녀석이 어느새 달려와 주위를 서성인다. 로마가 꽁띠를 밀
치고 한 번이라고 더 받아먹으려 한다. 그전에 없던 행동이
다. 어릴 때부터 함께 자라던 사이인데 왜 이런 변화를 가져
왔지? 하기야 아이들도 자라며 여러 행동 변화를 가져오지,
혼자 위로한다.

구내염이 왔다.

　로마가 행동 양상이 조금 달라지고 있다고 딸이 염려한다. 움직이는 몸놀림이 조금 뜸해지고 얼굴이 명랑하지를 않다고 말하나 나에겐 별다른 변화는 알 수가 없다. 먹이는 여전히 잘 먹는다. 침을 흘리는 증상이나 발열의 증후도 없다. 걱정하는 딸에게 설혹 구내염이 왔어도 저절로 좋아지는 경우가 많으니 두고 보자고 말한다. 기침만 콕 하여도, 먹이를 조금만 덜먹어도, 깜짝 놀라 아픈 게 아닐까 하고 염려가 태산 같은 딸을 보니 스트레스다.

　나도 모르는 사이에 동물병원에 다녀왔다고 한다. 구내염 같고 입안이 많이 헤어져 있어 낫는 데는 시간이 걸릴 거라는 말이었다. 바이러스 검사 비용 먹이는 약값 토탈 16만 원! 아마 사람 아파 병원에 가서 이 정도의 치료비가 들면 억 소리가 나지 않겠나. 애완동물 의료보험은 언제 생기나? 아침에 출근하며 로마와 꽁띠에게 인사를 한다. 잘 있어, 다녀올게. 절대 아프지는 말아. 앙!

소통의 장이 시작되다

꽁띠가 애교를 부린다. 로마가 눈을 스르르 감고 웅크리고 있다. 실내 공기가 내려가서 그러나 방안 공기 조절기를 올린다. 낮에는 거실 창가에 누워서 따뜻한 햇볕에 취해 행복한 듯 보이나 표정을 살피면 영 그렇지도 않은 것 같다.

고양이 표정까지 염탐하는 자신이 이제는 영락없는 진짜 집사가 되어가는 것 같다. 암놈인 꽁띠는 몸을 만지는 걸 여간 싫어한다. 머리를 두어 번만 쓰다듬어도 바로 일어나 도망치기에 바쁘다. 이제는 몸에 손을 대도 가만히 있다. 애들과 대화를 시도해 본다. 옆에 다가와 야옹 하는 모습에서 아, 이 녀석이 뭘 달란다는 신호였구나 하고 바로 먹이통을 확인하고 간식을 찾는다.

웬걸, 이미 간식 넣어둔 부엌 공간함에 두 녀석이 달려와 쳐다보고 있다. 맛있는 걸 먹고 싶어? 묻는 집사를 보고 꽁 따가 입맛을 다신다. 어느 때는 야옹 하고 대답〈?〉도 한다. 드디어 소통의 나래가 되는 모양이구나. 흐뭇한 자신도 과 연 진짜인지는 아직 회의적이다. 그러나 미생의 우리 고양 이와 조금이라도 공감의 영역을 공유하였다는 게 신기하고 행복하다

로마가 방해꾼이 되다

어느 때부터인지 로마가 방해꾼이 되었다. 컴퓨터 작업을 하려고 하면 어느 사이에 책상으로 올라와서 떠억, 모니터 앞에 누워버린다. 내려가라고 손짓을 해도 막무가내다. 집에 들어온 지도 벌써 5개월이 지나고 있다. 덩치도 커져 팔로 안으면 체중이 약간 무겁게 느껴진다. 조금 있으면 성묘란 소리 듣게 된다고 딸은 걱정이다. 예쁜 고양이란 소리를 듣기 어렵게 되어간다고, 네 클 때는 그런 걱정 안 하고 길렀는데, 왜 그래? 자라는 모습을 보고 얼마나 대견해하고 사랑했는데 너 자신은 모를 거야. 그치? 사람과 동물의 사랑에 대한 차별성인가. 하기야 사랑을 저울에 달면 똑같은 무게의 사랑은 없을 테지만 이 한계를 잘 이해하고 받아들여야 한다고 생각된다.

사춘기의 강을 건느다

지난주부터 꽁띠가 괴상한 울음을 낸다. 선배 집사님들이 말한 사춘기가 왔는가 약간 겁도 나고 긴장된다. 딸은 대뜸 중성화 수술 잘하는 동물병원을 수소문하기에 바쁘다. 지난번 수놈인 로마의 중성화 과정에서 겪었던 어려움이 떠올랐다. 수술 후 목에 채워준 보호대 때문에 고양이도 고생, 이를 보는 가족도 안타까운 절절한 마음이었다. 일주일이 지나자 신기하게 앓는 소리가 멎었다 웬일이지? 아직 수술할 때가 멀었나, 병원마다 수술 시기를 조금씩 다르게 말한다.

고양이도 영혼이 있는가?

　내가 처음 교황 요한 바오로 2세의 꿈 이야기를 처음 읽었을 때 그 책이 교황과의 200시간 대화를 쓴 책으로 1984년에 출간된 신神의 중개인仲介人이라는 책에 수록된 사실을 알고는 무척 놀랐었다. 그 책의 작가인 안톤 그로노위츠가 1979년에 교황을 소개하면서 바티칸에서의 고위 성직자들 사저 생활들을 2년에 걸쳐 소개한 면담들이었다.

　폴란드인으로서 상당한 신분을 가진 미국 시민인 그로노위츠는 교회 고위 성직자들과 오랫동안 두터운 친분을 지녔다. 그의 책 머리말을 보면 스테판 추기경이 작가를 교황에게 소개하면서 바티칸의 관료적 구조에도 친숙하게 되었고, 사제들과도 두터운 신임을 쌓게 되면서 개인적인 인터뷰까지도 하게 되었다.

이 책 중에서 부제목으로 붙여진 "교황이 친히 들려준 바울의 생활"은 교황이 "캐롤 워틸라" 라는 젊은 시절의 이름으로 생활을 회상하면서 그의 신학, 철학, 교회 교리론 등을 들려주었다. 그중에서 작가가 관심을 끈 부분은 다음 네 페이지에 달하는 집 없는 고양이들에 관한 교황의 꿈 이야기이다. 이 꿈이 가져다주는 결론의 중요성을 잘 끌어냈다는 점에서 매우 놀랄만하며 학대당하는 神의 창조물들에 대한 교황의 맹세에 상당히 민감한 반응이었다. 하지만 교황이 말했을 그 당시는 별로 꿈의 함축성을 거의 이해하지 못한 상태였다. 몇 년 후에 교황에게 이 꿈의 중요성은 명백해졌으며 그는 그때야 꿈 이야기가 주는 암시적 함축성을 완전히 이해하게 되었다.

그의 꿈 이야기를 들어보면, 한 어미 고양이가 새끼들을 데리고 먹을 것과 쉴 곳을 찾아다니는 것을 따라가고 있었다. 이 어미 고양이로 하여금 우리 인간은 정말 신앙심이 모자라고 기독교인이라는 여러 얼굴을 가진 인간을 되돌아보게 해준다. 이 꿈이 교황이 되기 전 1969년에 추기경 캐롤 워털라로 알려져 있었으며 처음 뉴욕시를 방문했을 때였다. 그때는 긴 캐나다 여행 마치고 늦은 여름이었다. 넓고 아름다운 들판과 숲속에서 즐거운 새 울음소리와 동물들의 소리로 가득 찬 숲을 거닐면서 좀 더 이곳에 머물렀으면 하는 마음이었다.

캐나다의 이런 얘기 도중 뜻밖에도 교황은 화제를 바꾸면서 얘기하길 "내가 캐나다에서 뉴욕으로 떠나기 전날 밤, 난 이전에 전혀 보지도 못했던 이상한 꿈을 꾸었습니다." 그런데 그의 꿈은 캐나다에서 보던 그런 아름다운 숲과 햇살이 따뜻한 태양이 아니고 복잡한 도시에서 그것도 지독히 추운 북부의 겨울이었다. 그런 곳이라고 전혀 가본 적도 없는 곳인데 그의 꿈에서는 엄청난 폭설이 내린 후의 맨해튼 풍경과 느낌으로 사로잡혀 있었다.

"정말 지독히도 추운 뉴욕의 겨울이었지요, 도시는 완전히 하얀 백색이었습니다. 도시민들은 부유하고 따뜻하게 차려입고 사람들은 폭설로 운행 못하는 차들이 길가에 늘어서 있어서 천천히들 걸어가고 있었습니다. 난 오히려 하얀 눈길 위를 걸을 수 있다는 것이 더 즐거웠습니다." "내 모든 힘을 걷기에 쏟았습니다. 양 길가에 쭉 늘어서 커다란 집들과 인간미와 따뜻함이 빠져나갈까 봐 빨리 문을 여닫는 문지기의 모습이 내 마음에 스며들었습니다." "그때 눈 위에서 갈색 고양이 한 마리가 길옆에서 걸어 나오는 것이 눈에 띄었지요. 그래서 가까이 가보니, 놀랍게도, 큰 어미 고양이 옆에 어린 새끼 고양이 6마리가 어미 뒤를 정말 줄을 그은 듯이 일렬로 따르고 있는 것을 보았지요. 어미는 자기 새끼가 잘 따라오는지 계속 뒤를 돌아다보면서 말입니다. 어미의 관심은 줄 곳 들어갈 만한 문 입구를 찾는 것입니다.

난 어미가 새끼들을 위해서 따뜻한 곳을 찾는 거구나 하고 생각했지요. 그때 엄마 고양이가 어떤 집 문 앞에 멈춰 앉자마자 유니폼을 잘 차려입은 남자가 긴 막대 빗자루를 이리저리 휘둘러 가면서 고양이를 쫓아냈습니다. 난 그 문지기에게 얼른 이렇게 비난했습니다. '넌 미국 속담에 있는 미국인의 관용도 없느냐? 넌 미국인의 선한 심성과 정당성도 없느냐? 얼른 그 고양이들을 안으로 들여보내라! 빨리 들여보내라!'

"난 정말 이렇게 크게 외쳐댔는데 그 말들이 입 밖으로 나오질 않는 겁니다. 아마도 난 그 문지기의 빗자루가 무서웠던 모양입니다. 난 내가 입고 있는 성직자복 주머니를 뒤져서 빵조각을 꺼내, 손바닥 위에 올려놓고는 '키티, 키티.' 하면서 불렀지만, 이 우아한 입에서는 말소리가 나오질 않고, 그 대신 손바닥에 있던 빵조각만 바람에 휙~날아가 버렸습니다. 난 혼자 중얼거렸지요. 도대체 난 뭘 하는 거야? 고양이에게도 문지기에게도 말 한마디 못 해주고, 그곳에 배고픈 새들도 많았는지 떨어진 빵조각은 모두 쪼아먹었습니다." "또다시 난 추위에 떠는 고양이들을 마음 아파하면서, 고양이 뒤를 쫓아갔지요. 가다 보니 왼쪽에 교회 건물이 보이길래, 생각하기를 "저기는 분명 도움을 줄 거야" 들려오는 성가는 분명 가톨릭교회임이 틀림없었지요. 성가는 점점 더 크게 들려옴에 따라. 내 생각에 대한 확신도 커졌지요. 교회 사람들은 神에게 기도하고 있을 거야.'

엄마 고양이가 팔짝 내 앞으로 뛰어올라 계단을 오르니 그 뒤의 새끼들로 쭉 따라갔습니다. 난 머리를 쭉 올리고 보니 수도사修道師란 사람이 고양이들을 계단 밑으로 내쫓고 있지 않겠습니까? 난 또 소리를 치려했습니다. '이것 봐라. 난 추기경이다. 그 고양이들을 들여보내 주라는 내 명령을 받아들여라!' 하지만 이 또한 목소리는 나오지 않고 고양이들은 교회 건물 뒤편으로 돌아갔지요. 아마 거기에 주방이 있다고 생각했지요. 그런데 주방 문 입구는 두 번째 수도사가 지켜 서서 고양이들에게 위협을 주면서 쫓아냈답니다. 할 수 없이 고양이들은 거리로 다시 나와 북쪽을 향해 걷기 시작했습니다.

"고양이들은 교회 건물 위쪽 큰길로 쭉 올라가고 나 역시 따라갔답니다. 그들이 닿은 곳은 인상적인 붉은 벽돌 교회였고 앵글 리칸 주교가 나타나 하는 말이 '동물 친구들, 제발 너희들 자리로 돌아가거라. 거기엔 우리 앵글 리칸 교회가 매년 크리스마스만 되면 너희들을 위해 먹을 것을 주지 않니?' "엄마 고양이와 새끼들은 너무 지쳐서 야~옹 소리조차 내지 못했지요. 고양이들도 그 권위적인 앵글 리칸 주교 목소리에서 희망이 없음을 잘 알았나 봅니다. 고양이들은 다시 교회 아래쪽으로 걸어 내려와 화려한 주택가 길을 지나면서 어느 초라한 주택을 발견했답니다."

"그 길은 걸어갈수록 점점 더 낡은 집들만 늘어서 있었지요. 문은 문지기가 연 것이 아니라, 무명옷을 입은 늙은 할머니가 문을 열면서 고양이를 보았답니다. 그 할머니는 '오!
귀여운 것들' 이도 다 빠진 할머니는 고양이들을 안으로 들
여다 주면서 따뜻하게 맞아 주었습니다. 고양이들은 할머니
집의 따뜻한 온기를 느끼면서 몹시도 즐거운지 이리저리 뛰
어올라 다녔습니다."

이 이야기는 고양이들이 비록 초라하게 하는 할머니지
만 편안한 안식처를 찾으면서 끝을 맺어간다. 작가가 이 꿈
이야기를 쓰면서 교황과의 대화에서 "난 정말 교황의 그렇
게 슬픈 표정을 본 적이 없었다"라는 주해를 달았다. 교황
은 아씨씨의 성 프란시스코의 기도문을 인용했다. "주여! 나
를 당신의 평화의 도구로 써주소서. 미움이 있는 곳에 사랑
을…. 어둠이 있는 곳에 밝음을…. 슬픔이 있는 곳에 기쁨
을…."

추기경 워틸라가 꿈을 꾼 몇 년 후에, 그는 교황이 되고,
성 프란시스코의 탄생지인 아시시 성으로 순례를 떠났다.
교황은 그곳에서 화해의 메시지로 이렇게 전했다. 사랑의
기도문은 인간뿐 아니라 우리 동물들에게도 포함되는 것이
다. 교황은 또한 단지 사람들에게 뿐 아니라 동물, 자연에도

성 프란시스코의 기도문의 당연성을 이야기했다. 이 이야기를 읽은 사람들은 신神의 다른 창조물에 대한 교황의 적극적인 지지를 발견하고는 놀라워했다. 또한 교황의 동물들에 대한 神의 사랑 언급을 듣고도 놀라워했다. 하지만 내가 별로 안 놀란 것은 그 즈음에 난 아시시에서의 메시지를 우연히 접하면서 교황의 꿈이 담긴 신神의 중개인仲介人이란 책을 읽었기 때문이다. 만약 바오로 2세가 이 이야기가 책으로 드러나길 원하지 않았다면, 절대로 책으로 출간 되질 않았을 것이다.

"걱정스레 보살펴주는 마음은, 인간에게 분 아니라 동물들에게도…. 인간의 시야와 감정이 메마를수록, 다른 창조물에 대한 우리의 마음을 씀과 정신이 점점 닫히게 됩니다.' 이런 증언을 하면서, 교황은 모든 존재물에 보살핌을 필요로 하므로 다음의 메시지를 남깁니다. "내가 너희들에게 말하느니, 가장 초라한 이의 도움을 거절하는 것은 나의 요청을 거절하는 것이다." 마태복음 25:45

교황은 꿈에서 나타난 고양이를 따뜻하게 맞이한 곳은 화려한 교회도 아니고 부유한 집도 아니고 결국 보잘것없이 사는 늙은 할머니의 따뜻한 마음이었음을 이야기합니다. 세상의 생명은 모두 신神의 창조물創造物이므로 하느님의 사랑의 메시지는 존재하는 모든 생명에게 해당됩니다. 가장 초라한 모습으로 꿈에 나타나시어 교황에게 진의를 깨닫게 하신 꿈 이야기를 완전하게 이해하게 되었다. 1984년 신神의 중개인仲介人에서 번역된 것입니다.

위의 글은 우리 집 로마에게도 진실로 영혼이 있을까 하는 생각으로 여러 자료를 찾다가 옮겨온 글입니다. 불교의 〈법구경〉을 읽다 보면 돌아가신 부모가 소가 되어 자기 옆에 있어도 알지 못하고 구박하는 자식의 이야기도 나옵니다. 안타까운 광경에 소로 환생한 부모는 눈물만 흘립니다. 불교에서는 이미 동물도 영혼을 지니고 있음을 인정한다는 말이겠지요.

낮에 우리 집 로마가 따뜻한 식당 바닥에 누워 긴 잠을 자고 있었습니다. 오늘은 유난히 낮잠이 길구나 하고 보고 있는데 로마가 끼룩끼룩 소리를 냅니다. 처음에는 뱃속이 불편해서 그런가보다 여기다가 혹시 꿈속의 소리가 아닐까 하는 나름의 생각이 들었습니다. 동물도 영혼이 있을까 하는 좀 엉뚱한〈?〉 생각이 들었습니다. 기독교가 동물의 영혼 존재를 부정한다는 말도 있다는 사람도 있으나 제 생각은 조금 다릅니다. 검은 고양이 네로 잘 아시지요? 중세 유럽에서는 악령의 존재로 이 네로 같은 검은 고양이를 지목하고 싫어하였습니다.

결국 고양이 영혼을 인정한다는 말이 아닐까요? 그게 악령이라도 존재한다는 점을 유럽인들도 이미 받아들인 것 같습니다. 바오로 2세 교황님은 성인으로 추대된 분입니다. 이분의 동물에 대한 생각을 알 수 있어 조금은 마음이 푸근해지네요.

잠자는 고양이

우리 집 로마가 떡실신하여 세상모르고 잠을 잔다. 고양이 일생은 잠으로 거의 반생애를 보낸다고 하니 이를 부러워해야 해야 하나, 고양이 잠에 대한 체계적인 통계는 제가 과문한지 모르나 아직은 정설이 없는 것 같다. 사람은 갓난아이가 평균 20시간 이상을 자나 클수록 점점 짧아져 어른이 되면 7시간 내지 9시간 정도라고 알려졌다.

낮에 침실방에 들어와 떠억 곯아떨어지니 집사 노릇 힘들다. 낮잠을 실컷 자고 밤중이면 이방 저방 돌아다니며 놀이를 한다. 심지어 커튼을 타고 오르내리며 재주를 부리나 낮에 일해야 하는 사람에게는 짜증이 더러 날 때가 있다. 짜증

을 내다가 풀이 죽어있는 냥이를 보는 순간 후회가 된다. 내
가 냥이에게 죽어지내는 삶을 사회생활에서 진즉 시도했더
라면..... 새로운 인생? 궁금하다.

꽁띠에게 공격받다

　그전에 없던 행태가 우리 집고양이들에게도 보이기 시작했다. 로마 녀석은 처음부터 먹을 탐이 좀 거센 편이다. 틈만 나면 내 서재로 와서 야옹 소리를 낸다. 이 녀석 벌써 시장기가 들던지 아니면 심심하여 놀고 싶다는 표현으로 받아들인다. 반응이 시큰둥하면 가차 없이 책상 위로 올라와 모니터 앞을 떡억 가로막고 아예 눕는다. 데모하냐 너? 호통을 쳐도 눈만 빤히 뜨고 쳐다본다. 집사의 위신이 말이 아니다. 간식을 좋아하는 두 녀석이라 간식 통에서 꺼내자마자 소파로 모여든다.

　간식을 쪼개어 주는 평소대로 손 위에 올려놓고 먹도록

한다. 로마는 잽싸게 채 먹듯이 실속을 챙기나 꽁띠는 차마 오빠에게는 잘 보일 참으로 그런지 비교적 얌전하던 참이다. 오늘은 달랐다. 로마가 내 손 위의 간식을 물려고 대시하자 이를 질세라 꽁띠도 맹렬 돌진. 순간 날카로운 발톱으로 나의 손가락을 내리찍는다. 피가 나오고 통증이 심하다. 순간에 일어난 일이다. 고양이를 기르면 이런 일이 다반사라 하던 선배 집사님들의 이 내 눈초리 목소리가 심상치 않은지 저만큼 피해 가서 눈치만 보는 꽁띠 모습이다.

발톱에 의한 감염으로 인한 탈이 없었으면 하는 염려가 든다. 기가 죽어있는 꽁띠를 보니 조금 안된 것 같아 달래기로 하나 가까이 접근할 생각을 안 한다. 교감할 줄 아는 사이면 바로 오해가 풀렸을 법 한데 이건 아닌 것 같다. 얼마 후에 꽁띠를 일부러 쓰담고 알거나 말거나 '어휴 우리 아기 너무 예쁘고 착하구나. 아까는 잠깐 네 실수였지. 엉?' 말을 해도 눈만 끔벅이며 야옹 소리도 없다. 그러나 표정은 조금은 안심되는 것 같다. 그래, 이게 바로 살아있는 생물들의 삶의 한 과정이구나 하고 이 생각 저 생각 모두 탈탈 털기로 한다.

야옹이에게 휘둘리다

로마의 먹이에 대한 탐욕은 대단하다. 먹이를 처음부터 조절했어야 하는데 잘 먹는 것이 신통하고 예뻐서 먹이통에 수북이 담아 놓았다. 얼마 후 살펴보면 어느 사이에 빈 그릇이다. 꽁띠는 그런대로 조절〈?〉하는 듯싶다. 닭가슴살을 먹여야 병이 잘 오지 않는다고 고마운 집사 아줌마가 일부러 만들어 주셨다. 이를 주면 로마는 게 눈 감추듯 먹어 치운다. 허, 이 녀석의 식욕은 알아주어야 해.

단념을 하고 서재 방에 앉아있는데 이 녀석이 발아래서 야옹 소리다. 이제 또 어쩌란 말이냐, 소리쳐도 마이동풍, 되려 책상 위로 올라서더니 컴퓨터 모니터를 떠억 가로막고 누워버린다. 아무리 내가 집사라고 서니, 이건 너무 한 것 아냐. 앙! 못 듣는 척하며 도대체 말을 타지 않는다. 이건 지나친 전제군주의 세상이다. 그래도 머리를 쓰다듬으니 눈만 깜박인다. 어이구! 내 사랑 양이야. 그래 누가 돌았냐. 사랑에 미쳤냐.

양이야, 말 좀 해 보거라 잉!

발톱 깎기

　고양이 발톱 깎기가 이렇게 어려운 줄 몰랐다. 옆구리에
꽉 끼고 달싹 못하게 한 뒤에 일하면 손쉽게 된다고 누가 얘
기해준다. 그러나 이 방법이 다 통하지 않는다. 우리 집 양
이, 특히 꽁띠란 녀석, 얼마나 날쌔고 머리를 쓰는지 통제가
어렵다. 간식을 주면 확 채서 먹이를 차지하는 새로운 습관
으로 나를 곤욕 치르게 한다. 내 손가락을 날카로운 발톱으
로 찍는 통에 통증은 물론이고 깊게 발톱이 박혀 이를 빼는
데도 여간 조심스러웠다. 출혈이 많이 나고 통증이 와서 황
급하게 소독제를 바르고 밴드를 감는 소동을 치렀다.

　더구나 발톱을 깎으려 몇 번 시도하니 잽싸게 도망치거나

앙탈을 하는 통에 어렵다. 시간이 갈수록 발톱은 점점 날카로워진다. 양이를 잘 키우라고 넘겨주신 카페 사장님 일행이 소식을 듣고 오셔서 발톱 문제를 해결해 주셨다. 로마를 어깨에 걸치고 다른 분이 작업 개시. 바로 수월하게 일이 끝났다. 고양이와 함께 산다는 일. 절대로 수월하지 않다.

길고양이가 하소연한다

이른 아침이다. 산책을 가는 길 중학교 담벼락에 주차된 자동차 밑에서 불쑥 길고양이가 튀어나온다. 삼색인데 얼굴이 그동안 험악한 세상의 풍파를 다 겪은 모습이다. 배도 홀쭉하고 태깔이 전혀 여유가 없어 보여 안타깝다. 나도 모르게 고양이에게 손짓한다.

〈 아가야 이리 온!〉

순간 고양이가 빤히 올려다본다. 아차, 먹을 것을 가져오지 않았구나. 당황했다. 고양이도 이미 간파했는지 도망갈 자세다. 순간 집에 있을 우리 집 양이들이 떠오른다. 굶을 걱정 없이 지내는 두 녀석의 처지를 행복하다고 안심해야 하나? 이 길고양이처럼 풍찬노숙에 굶주린 배를 안고 그 얼마나 이 동네 저 동네를 헤매었던가. 대부분 사람이 우리들의 처지를 배고픔을 짐작이나 할까요? 더러 정성스럽게 먹거리와 물을 지내는 길가에 놔두고 챙겨주시는 천사님 같은 분들도 많이 있지만, 우리에게 밥 주는 것이 못마땅해 반상회에서 거품을 무는 사람도 있다고 하네요. 우리도 가난이 오래가고 굶주림이 찌들면 척 보아 사람의 됨됨이를 알아차리고 부리 낳게 도망칠 궁리만 하네요.

이해하여 주세요. 이런 내 처지가 어떤 때는 너무 서럽네요. 어쩌다가 축생, 그것도 고양이로 태어나 길 위에서 떠돌고 밥 빌어먹는 신세네요. 전생에 나는 무엇이었을까 하고 서럽게 운 적도 있었네요. 그러나 이삼 년 지내면서 이 세상에는 인정 넘치고 마음씨가 고운 분들이 더 많은 것을 알았네요. 감사한 마음으로 열심히 살다가 가려고 하네요, 그동안이라도 좋은 인연 맺었으면 합니다.

어느 길 고양이 가족

삼색이 고양이 가족이 아파트 화단에 자리 잡았다. 어미 아버지 그리고 곱상스러운 새끼 고양이가 세 마리. 비가 내리고 기온이 내려간다. 이런 날에는 길고양이들은 너무 힘들게 지낸다.

딸은 안절부절, 비를 피하게 한다고 스티로폼 상자를 마트에서 얻어오고 먹을 것 마련하느라 부산하다. 아니, 우리 집고양이 돌보는 데도 힘이 드는데 이젠 길고양이 가족까지 돌보아야 하나 핀잔을 주어도 소용없다. 닭고기를 오븐에 익혀서 가지고 간다. 길고양이들이 정말로 필요하는 것, 물은 플라스틱 그릇에 담아 간다. 어미 고양이가 화단의 풀숲에 몸을 반쯤 숨기고 사람들이 어떻게 하는지를 유심히 살핀다. 분명히 배가 고플 텐데도 먹지를 않고 관찰한다.

예로부터 고양이는 의심이 많은 동물로 알려져 있다. 그곳에 계속 있으면 안 될 것 같아 자리를 비켜준다. 딸이 얼마 후에 살피고 오더니 하소연이다. 잘 먹지 못해 빼빼 마른 엄마 고양이 젖을 새끼들이 빨고 있었다고 한다. 젖이나 나올는지 몰라. 엄마가 너무 불쌍해. 어쩌다가 엄마가 되어가지고 저 고생이야. 인생도 묘생도 삶의 아픔은 거의 비슷하나 우울한 날이다.

고양이 생명을 위협하는 놀이기구

놀이기구는 참으로 많다. 더구나 초보 집사인 경우, 대체 어느 정도 구비를 해야 하는지 막연할 때가 많다. 이것은 꼭 사야 할 것도 같고 저것도 필요할 것 같다. 고양이와 즐겁게 지내고 소통할 수 있는 놀이기구는 종류도 많고 가까운 동네의 상점에서 얼마든지 살 수 있다. 그러나 주의해야 한다. 불과 이 삼천 원, 조금 더 고급이면 오천 원 이상 달라고 한다. 가격도 가격이나 질이 더 문제다. 우선 기구 자체의 재질이 보통 플라스틱이나 인공섬유의 실을 염색하여 스틱의 뒤에 붙이고 있다.

고양이가 물고 늘어지면 인공 털이 빠져 입속으로 들어

가는 수도 많이 경험한다. 해로운 색소로 채색된 끝을 물고 고양이가 좋다고 하면 문제가 아닐 수 없다. 동물도 사람 못지않게 몸의 여러 장기에 영향을 미친다. 그뿐 아니다, 재수 없으면 먹은 놀이기구 재질이 고양이 장을 틀어막아 급성 장폐색증을 일으켜 운이 좋으면 수술받아 살릴 수가 있다. 우선 놀이기구를 만드는 분들이 영세업자인 분이 많다. 중국산 불량제품의 무분별한 수입도 문제다. 말미의 고정을 좀 더 신경 써서 빠지는 일이 없도록 해주었으면 한다. 그리고 첨가 색소도 다시 검토하고 일정한 규정을 두어야 한다.

사람에게 적용된 엄격한 기준까지를 요구하지 않으나 동물의 몸에 해로운 것은 금지할 때가 되었다. 국내 수백만의 애묘가 이름으로 사료와 놀이기구에 대한 최소한의 표준 제정을 요구한다.

눈망울 초롱초롱한 새끼고양이 한 마리 구조하다.

장맛비가 계속된다. 새벽에 깨면 날씨부터 챙긴다. 오늘
도 새벽 산책하러 안 가는 게 좋을 것 같고 실내 운동하기로
한다. 자전거 타기와 크로스 트레이닝을 영화 보면서 하기
로 한다. 새벽부터 아파트 화단에서 고생하는 고양이 가족
부모, 네 형제 6인 대가족이 장마로 고생하는 게 마음이 걸
린다. 다행히 먹이는 단지 내에 사시는 고양이 사랑하는 분
들이 서둘러 이것저것 챙겨서 주고 있으나 내리는 비를 어
쩔담, 딸은 마트에서 수치로 풀 상자와 여러 종이 상자를 얻
어와서 화단에 설치⟨?⟩하나 장맛비를 이길 장사는 없다.

아침에 살펴보니 새끼 한 녀석이 그래도 집이라고 안에

서 웅크리고 있다. 다른 가족들은 어디로 갔지? 그러나 저나 비가 그쳐야 할 텐데 걱정이 태산이다. 그릇에 담아 온 간식 은 다 먹었는지 비어있다. 물그릇도 조금 남아있다. 안되겠 다고 여긴 딸이 고양이 카페에 연락. 도움을 청했다. 다행히 새끼 한 마리를 구조. 동물병원에 데리고 가서 진찰. 영양 부족과 장맛비로 인한 탈진에 가까운 상태나 특별한 이상은 없다고 한다. 카페의 주선으로 임시 보호처로 새끼를 옮겼 다. 애를 기르겠다는 마음씨 고운 집사 분이 연락이 오면 오 직 좋으련만 새끼는 수놈, 똘똘한 눈동자가 너무 귀엽다. 조 금씩 원기를 회복하더니 이젠 재롱도 한다.

3부 · 고양이와의 대화 기법

간식 습관이 양이의 주체성을 만든다.

　새벽에 일어나 서재에서 밤새에 일어난 뉴스를 점검하고 있는 나에게 로마가 슬그머니 다가온다. 왜? 더 자지 않았네? 묻는 나에게 로마의 〈야옹!〉 대답이다. 이건 영락없이 맛있는 간식 달라는 소리다. 새벽부터 간식이라... 이건 좀 그렇다. 고양이 방으로 로마를 데리고 간다. 먹이 그릇에는 아직도 반 이상 담겨 있다. 인마, 로마야 아직 먹을 것이 많이 남아있는데 간식이라? 그러나 두 눈을 빤히 뜨고 쳐다본다. 아니 내가 새벽에 맛있는 걸 좀 달라는데 이것저것을 따지긴, 이건 집사의 도리가 아닌 것 같소이다. 결국은 집사의 항복으로 막을 내린다. 처음부터 간식에 대한 습관을 잘 들여야 한다. 동물의 생존은 여기에서부터 시작된다고 배운다.

삐노의 재생

삐노가 입양을 간다고 한다. 너무나 무덥고 길게 느껴지는 이 여름날에 내게는 청량제가 아닐 수 없다. 아파트 화단에 거처를 정한 어미 두 마리 새끼 네 마리 가족이 배는 홀쭉하지 물을 잘 마시지 못한 듯 탈수 현상까지 보이는 몰골에 마음이 너무 불편했다.

이를 본 딸과 아파트 어느 주민께서 수시로 먹이와 물을 주시곤 하여 다소간 원기를 회복하는 듯 하나, 이것도 하루 이틀, 불규칙한 식사와 열악한 환경이 이 가족을 힘들게 한다. 보다 못한 딸이 고양이 카페에 구조 도움을 요청. 이분들이 와서 어찌어찌하여 겨우 삐노 한 녀석을 구할 수 있었다.

새끼 네 마리 가운데 이 녀석이 가장 못 먹었는지 상태가 조금 그런 것 같다고 한다. 문제는 다음이다. 임시 보호처가 마련되어야 하는데 수월치가 않다. 우리 집은 이미 로마와 꽁띠가 점령, 딸도 여간 고민이 많은 것 같으나 얼른 묘책이 안 나온다. 다행히 고양이 사랑이 남다른 어느 여교수님이 이를 받아들였다. 한 달간 보호를 승낙하시고 입양처를 알아보기로 한다.

마음은 급하나 얼른 입양처가 마련되지 않아 임시 보호하시기로 한 분에게도 너무 감사하고 미안한 생각이라고 딸은 매일 마음이 편치 않은 모양이다. 오늘은 딸이 함박웃음이다. 입양처가 생겼다고 한다. 그 집에도 이미 고양이를 기르고 있으나 캣 아빠이신 바깥 분의 찬성으로 그 집 가족의 품으로 입양하기로 했다고 한다. 사람과 사람 사이에도 사랑보다는 오해와 미움이 넘실거리는 세상에 그래도 고양이 사랑 가족분들의 따뜻한 마음이 너무 감동스럽다.

불교의 법구경에, 돌아가시어 소로 환생하신 어머니를 알아보지 못하고 함부로 대하는 자식의 모습에 어머니가 눈물을 흘리며 슬퍼하는 구절이 있다. 나는 가톨릭 신자이나 정

말로 가슴 에이는 경전 구절이 아닐 수가 없다. 사랑을 베푸
는 모든 분에게 강복하소서!

먹이 쟁탈전

꽁띠가 변했다.

먹이를 잘 먹는 터인데 어느 날부터 간식을 주면은 얼른 먹지 않고 노려본다. 이게 무어지? 내가 먹어서는 안 되는 것 아냐? 평소에 꽁띠에게 먹을 것을 많이 양보하던 로마가 번개같이 달려들어 가로챈다. 황당한 꽁띠다. 어쩌다가 이렇게 되었지? 이번에는 먹이를 던져준다. 꽁띠가 잽싸게 가로챈다. 이를 앞발로 부여잡고 밀고 다니려고 용을 쓴다. 아마 놀이 수단으로 알고 있는 듯싶다. 그러다가 먹이를 놓치고 테이블이나 소파 밑으로 먹이가 글러 들어가면 꺼내려는 수작을 엄청나게 하나 불가능하다. 이럴 때의 꽁띠의 낭패한 표정이라니, 로마는 이판사판으로 꽁띠의 먹이를 옆에서재 먹으려 달려든다. 그렇게 사이좋던 두 양이가 한순간에 먹이를 두고는 라이벌이 되다니, 인간 세상이나 동물의 세계가 비슷한 게 아닌가. 교육이 동물에게도 필요한 때가 올 것 같다.

고양이 별칭〈나비의 유래〉

고양이를 우리 조상들은 어떻게 불렀을까. 보통은 나비라고 고양이를 일컬었다고 한다. 나비? 고양이가 담벼락을 타고 넘는 모양을 보면 그 재주에 기가 막힌다, 유연한 몸놀림으로 점프하는 모습이 프로답다.

원숭이를 옛말로는 통상 〈납〉이라고 불렀다고 하는데 이 옛말이 결국 고양이를 칭하는 말로 이어졌다고 한다. 원숭이에 못지않은 재주 탓이다. 시골 할머니는 곡식을 챙겨놓은 곡간에서 달그락 소리가 나면 밤을 지새우며 두 귀를 쫑긋하게 세워 감시한다. 옛날에는 그 많던 쥐들이 곡간을 몰래 쳐들어와서 곡식을 훔쳐 간다. 쥐 소리가 나면 할머니는 냅다 소리쳐 고양이에게 이른다. 〈나비야, 저놈들 혼내주거. 도둑놈의 쥐새끼들.〉 밤새워가며 전쟁한다,

이러한 연고로 고양이는 오래전부터 사람들의 이웃으로 함께 살았다. 고양이에게는 이 시대가 천당과 지옥의 계절이다. 고양이 사랑으로 과분하게 돌봄을 받는 양이가 있는 반면, 먹이와 거처가 없어 비바람, 추위와 더위에 힘들어하다가 겨우 일이 년 후에 저세상으로 가는 길고양이의 경우가 그 또 얼마나 많은가.

사람들과 함께 가까이 살다가 눈을 감은 고양이들을 회상하면 마음이 아프다 이 세상은 모두가 인연으로 함께 사는 것. 주위의 동물 · 식물 모두가 우주의 공간에서는 이웃이다. 사랑을 나눌 이웃이다. 하물며 사람과 정을 나눌 줄 아는 고양이를 더 말해서 무엇할까.

동물병원 가는 날

로마의 치주가 부어있다고 집에 온 캣맘이 딸에게 일러주었다고 한다. 요즈음 로마가 먹이를 적게 먹는 이유가 치주염 때문이 아닐까 조금은 염려하던 차였다. 자기 몸 아픈 것보다도 고양이가 아프면 어쩔 줄 모르고 당황하는 딸이다. 병원 가는 길이 심상치는 안 했던 모양이다. 이왕이면 가는 길에 꽁티도 데리고 가서 진찰도 할 겸, 챙기려고 하나 어느 사이에 눈치를 챈 꽁티가 줄행랑, 나중에는 서재 침대 밑으로 대피하여 기어 나올 줄을 몰랐다고 한다.

로마는 홀로 데려가는 차 안에서도 계속 울고 몸부림치고, 양이를 그렇게 사랑한다는 딸도, 아이고, 너무 힘든 하루였다고 하소연이다. 다행히 로마의 구내염 정도는 심하지

130

않아 먹는 약과 바르는 약만 타 왔다. 귀가하니 두 녀석의 양이가 조금 반갑게〈?〉 맞아주는 것 같다. 벌써 마음이 약해진 집사는 좋아하는 연어 간식을 꺼내 준다. 로마는 조각난 간식을 날름 잘 받아먹는다. 꽁티는 먹는 습관이 좀 특이하다, 간식을 던져주어야 한다, 달려가 냉큼 먹는 스타일이 아니다.

간식을 바로 먹지 않고 유심히 살핀다. 그 순간에 로마가 번개같이 달려와 꽁티 몫을 날름 먹어 치운다. 꽁티는 어처구니없다는 듯 로마를 쳐다보기만 한다. 먹이다툼이 없이 집안이 조용한 것만으로도 고마운 일이다. 이럴 때 인간들은 어찌하였을까 하고 생각한다.

고양이와의 대화 기법

집에 들어서도 로마가 시큰둥하다. 난 당신을 몰라 말하는 듯 쳐다보지도 않고 이리저리 맴돈다. 오호라, 네가 삐진 모양 인구나. 늦게 왔다고? 맛있는 간식을 들고 오지 안 했다고? 로마뿐만 아니다. 꽁띠도 간혹 이런 짓을 한다. 꽁띠는 비교적 명랑한 편이라 조금 있으면 기분이 풀어진다. 아이들의 행동 양상에는 많은 요인이 뒤따른다. 환경, 배고픔, 기타 등 여의찮으면 어린아이들처럼 보채고 울고 또는 쳐진 상태를 보이고, 기분이 좋아졌다면 방게방게 뛰놀기도 한다.

실제로 양이들과 소통하는 데는 눈치가 빨아야 한다고 생각된다. 예로 연어 간식을 좋아하는 꽁띠가 옆에 와서 느닷없이 〈으흥‥〉소리를 낼 때, 고양이 언어를 모르기 십상인 집사는 입맛을 다시며 연어 박스가 있는 곳을 손가락으로 가리킨다. 사람 언어로 〈맛있는 것 주라고?〉 못 알아 듯한 모양새면 반복한다.

이때 입맛을 다시는 이쪽의 행동을 따라 양이도 같이 하면 이미 대화는 성립되어 소통의 터널에 들어선 형국이다. 재빨리 간식을 가져와 주었더니 이 녀석의 신이 나 게걸스럽게 먹는 모양 이러니 이런 방식으로 몇 가지의 소통 방식을 공유하게 되면 양을 돌보는 보람과 기쁨 그리고 수고가 훨씬 가벼워질 것 같다. 연극의 대사 기법은 사람 사이에서만 효능이 있는 게 아니다. 사람과 동물, 심지어 삼라만상의 자연과도 소통을 할 수 있다는 주장에 나도 한 표 보태기로 한다.

고양이 팔자

며칠 전부터 아파트 아래층 정원이 비상이다. 여러 달에 걸쳐 정원을 터전 삼아 살던 삐노네 일가가 보이질 않는다. 대신 얼굴이 험상궂고 덩치가 큰 까미 녀석이 떠억 삐노네 쉼터를 빼앗아 살기 시작한다.

처음에는 이 녀석이 얼굴을 내밀며 먹이를 빼앗아 먹을 때만 하여도 크게 신경을 쓰지 않았다. 맙소사, 그 어느 날 부터 삐노네 식구들이 보이지 않기 시작, 이상하다. 나들이를 갔을까? 그러나 남의 집 터전을 깡그리 접수한 까미는 삐노네 식구들이 없어도 딸이 가져다주는 먹이를 날름날름 먹어 치운다.

시간이 지나자 이젠 까미는 하루 종일 화단이나 앞에 주차된 차 앞에서 누가 먹이를 가져다주기를 기다린다. 처음에는 아이들 먹이를 가로채는 이 녀석이 꽤썸하고 밉다는 생각이 들었다. 그러나 먹이를 기다리는 애처로운 모습을 보니 안쓰럽기도 하다.

어쩌다 네가 고양이로 태어났나 이왕이면 좋은 환경인 집으로 입양되어 즐겁게 사는 녀석들도 많은데 이 꼴이라니. 얼굴이라도 좀 예쁘게 태어나면 또 어째서, 이 모양이냐. 집사를 제 하인처럼 부리고 떵떵거리며 지내는 녀석들도 많은데 고양이 팔자도 여러 경우가 있는 것 같다. 사람과 그 무엇이 다르랴? 그런다고 고양이 사주를 볼 수도 없는 일이고.

로마가 드디어 성깔을 내다.

사람이나 동물이나 병들면 마음과 육체가 예민해지고 평소에 볼 수가 없던 행동 패턴을 나타내기 마련이다. 우리 집 로마가 요즈음 며칠간 먹이를 잘 먹지를 않는다. 체중도 좀 빠진듯하여 걱정되었다. 서둘러 동물병원으로 딸이 데려갔다. 혈액검사 등의 소견으로 보아 췌장염 같다는 진단명이 나왔다. 췌장 소리만 나와도 놀래는 우리 가족이다.

불과 이 삼 년 전에 어머니를 췌장암과의 기나긴 투병 끝에 결국은 하늘나라로 떠나보냈다. 이젠 양이까지 췌장병이라. 실망하고 놀라는 딸에게 용기를 준다. 췌장암과 염은 전혀 다르고 동물병원 선생님도 급성염증이니 큰 염려는 하지 말라고 하지 안 했나, 걱정 마라. 수액을 맞고 약을 타왔다.

병원 가는 과정에 로마도 많이 놀랐는 모양이다. 그 후로 병세도 차도가 있어 식욕도 많이 돌아왔다. 그러나 꽁띠를 잠자리에서 몰아내고 때로는 으르렁거리며 야성의 이빨을 내민다. 평소에 전연 없던 행동이다. 동물의 생태 병리를 잘몰라서 그런데 아플 때 충분히 위로를 못 받아 그런 게 아니냐 하는 생각이다. 집안사람들이 많은 시간을 비우는 사이에 동물인들 외롭지 않겠어? 하고 자문자답한다.

고독이라는 병이 꼭 사람에게만 해당할까. 방법은 양이와 함께 잘 놀아주는 시간을 늘려주어야 하는데. 온 가족이 바쁜 생활을 하는데 이를 어쩌나. 그러나 놀이기구와 간식을 좀 더 신경 써야 한다는 생각이다 당연히 함께 놀아주는 시간을 최대로 늘려야 하고, 거의 7년여를 어머니 병간호에 힘들게 지낸 딸에게 이제는 야옹이 수발이라니 미안하다. 딸아, 사랑하는 일은 이렇게 힘들고 험한 길이란다. 그러나 우리들의 삶은 사랑이 없으면 그 아무것도 아니란다. 힘내서 사랑하자 구나!

고양이들도 고독하다

새벽에 서재에서 책을 읽고 있었다. 로마가 어느새 이를 알고 방으로 들어선다. 야옹, 야옹 한다. 새벽에 배가 고파 그러나? 먹이통에는 아직도 충분한 먹이가 있던데? 배가 출출한 것은 아닐듯하다. 나의 의자에 앉고 싶다고? 일어서서 앉으라고 손짓한다. 그래도 막무가내다. 오라, 심심하니 함께 놀아 달란 말이 아니어!? 어렵다, 양이들과 함께 지내면서 보람 있고 즐거운 일도 있지만 이럴 때는 좀 힘이 든다.

고양이 습성을 어느 정도 파악하려면 어느 세월에나 가능할까. 집사란 인턴 과정을 거치면서. 기한이 정해진 자리가 아니구나! 집사는 임기가 없는 영원한 집사임을 알게 된다.

밤중에 침실에 들어와 놀이 공을 굴리며 꽁띠까지 불러와 한밤중의 내 방은 놀이방 겸 체육 단련실이 된다. 이리 뛰고 저리 달리고 몸 위를 뛰어오르며 쿡쿡이를 하고, 아파트 아래층에 사시는 분에게 누를 끼치지를 않겠나 걱정이다. 집사의 이러한 고뇌를 아는지 모르는지 참다못해 이 녀석들을 밖으로 몰아내고 방문을 닫으면 장미란 역도 선수 못지않은 힘으로 문을 쿵쿵 밀어붙인다.

결국 방문을 열어주면 잠시는 눈치를 보며 조금 조용하다가 다시 분탕을 한다. 집사 노릇이 보통 일이 아니다. 사랑 없으면 아예 이들과 연을 맺지 안 했어야 하나, 그래도 일터에 와 있으면 집에서 우리 야옹이들은 어떻게 지낼까. 먹이나 잘 챙겨 먹나, 거의 온종일 동안 음악을 틀어 놓는 딸의 정성이 통해 우울증 같은 고독 병은 오지 않아야 할 텐데 걱정한다. 사랑은 걱정의 씨앗이라고 누가 말했나.

길고양이 〈삐노〉 이야기

우리 집에서 삐노를 말하면 혼란스러울 때가 있다. 우리
아파트 화단에 살던 삐노네 가족은 어렵게 하루하루를 지
내고 있었다. 새끼인 삐노네 두 형제가 너무 안쓰러워 양이
를 사랑하는 주민들이 먹이와 물을 주곤 하였다. 바쁘게 사
는 사람들 형편에 이들 가족을 돌보는 일은 너무 힘들어 임
시보호자가 나와 애들을 돌보다가 좋은 가족으로 입양되기
만을 기다리는 형편이다. 코로나 사태로 사람들이 마음의
여유가 줄어들었는지 좀처럼 선뜻 나서는 사람이 없다. 고
양이 까페 분들의 협조를 얻어 새끼들을 포획하려고 시도를
하나 겨우 한 마리만 얻을 수 있었다.

똑 닮은 삐노 형제 가운데 한 녀석은 하늘이 무너져 놀라

는 모습으로 잽싸게 도망치고 말았다. 마음씨 고운 임보 자매님과 한 달 넘게 생활하다가 온 가족이 양이 사랑이 지극한 환경이 좋은 가정으로 입양되었다. 귀여움과 사랑을 지극 정성으로 누리고 있다고 한다. 이를 〈삐노1〉이라고 부른다. 포획 날 냅다 도망친 〈삐노2〉는 사람들이 먹을 것을 가져오는지를 날마다 목이 빠지도록 기다린다. 안타까운 모습을 볼 때는 기분이 멍멍해진다. 순간이 두 양이의 운명을 결정짓고 만 것이다. 사람들은 이를 운명이라 말하고 팔자타령을 한다.

〈삐노2〉는 화단 나뭇가지에 고양이에게 먹이를 주지 마세요. 고양이는 알레르기가 있고 어쩌고, 광고를 한 팻말이 달랑거리는 환경에서 생존하고 있다. 고양인들 맘 편할 수가 있을까. 이 사람 저 사람, 특히 안쓰럽다고 먹이를 주는 사람에게 시비거는 사람 가운데서 살아야 하니 그 녀석이라고 눈치가 없을까. 모진 추위가 엄습해 오는 날이 점차 다가아오자 딸은 걱정이 태산이다. 고양이 보호 협회에서 만든 겨울 집 세 개를 구해 이것 저곳에 비치하였다.

이제 조금 마음이 놓인듯하다고 한다. 아침 출근길에 잠시 양이 집을 들여다보려고 다가갔더니 치즈 한 녀석이 안에서 번개같이 튀어나온다. 다른 동네에서 살던 고양이들에게 이곳에 훌륭한 겨울 집이 있다고 소문이 돈 모양이다. 어허라, 사람 사는 세상이나 동물의 세상이나, 생존경쟁의 치열함을 엿본다. 길고양이가 된 〈삐노2〉의 앞날은 어떻게 되나 걱정이다. 매서운 추위가 온다는 이 겨울을 잘 넘겨야 할 텐데.

삐노의 편지_첫번째

동물이라고 의사가 없을까 생명체 모두는 자기 삶의 과정에서 이런저런 시련을 갖는다. 여기에 대한 반응을 표시한다. 다만 여러 가지 형태로 나타나기 때문에 타자는 잘 모를 뿐이다. 〈삐노〉가 소식을 보내왔다. 글을 모르는 양이가 어떻게 편지를 보내왔냐고? 물론 많이 궁금하실 줄 믿는다. 텔레파시였다. 이 현상은 정신적인 감응 형태로 인지력을 믿는 사람에게는 이미 그 현상이 알려진 지 오래되었다.

이하는 편지의 전문이다.

저는 〈삐노〉란 이름의 길고양이입니다. 이 아파트 일 층 화단에 터를 잡고 살고 있습니다. 벌써 일 년 하고도 몇 개월이 지난 터입니다. 삼 형제 가운데 맞이는 몇 달 함께 지나다가 굶주림에 못 견뎌 먹이를 구해 이웃 마을로 원정을 간 후 소식이 없습니다. 굶주리던 형제를 생각하면 가슴이 지금도 미어집니다. 이제는 몇 달 전에 입양 간 후 지극 정성으로 사랑을 주는 온 집안 식구들 덕분에 행복하게 살고 있다는 형제 소식은 저를 행복하게 합니다.

저는 그날 포획 망을 뛰쳐나와 입양에 겁먹은 행동이 결국은 두 형제의 운명을 나누었습니다. 자유의 길고양이로 살겠다는 나의 의지는 그날부터 시련이었습니다. 배고픔은 말할 것도 없고 까닭 없이 위협하고 노려보는 일부 입주민들의 행태로 이리 피하고 숨고 하루가 전쟁이었습니다. 삶이 이렇게 힘든 줄 몰랐습니다. 부모님들 이야기는 길고양이 평균 수명이 2년 남짓이라고 합니다. 아마 열악한 환경, 굶주림, 외부의 폭력 등 때문인 것 같습니다.

이번 겨울을 어떻게 넘기느냐가 최대의 난제였습니다. 다행히 아파트에 사시는 맘씨가 고운 아가씨가 겨울 집 세 개를 주문하여 화단 여기저기 주변에 설치하여준 덕택으로 그래도 추위를 피해 오늘까지 온 것 같습니다. 화단 한편에는 아직도 고양이에게 밥을 주지 마세요, 고양이는 알레르기가 있으므로 멀리해야 합니다 등 우리를 혐오하고 미워하라는 조그마한 팻말이 나뭇가지에 매달려 있습니다. 우리 가족이 이곳에 정착한 후로 아파트에 살던 많은 쥐들이 자취를 감추었습니다. 같은 동물 왕국 시민으로서 조금은 안쓰럽기도 합니다.

이제 봄입니다. 좀 더 밝고 활기찬 계절이 되고 코로나도 어서 끝나 밝은 이웃 사람들의 얼굴을 뵈면 얼마나 행복할까요. 저희가 어떨 때는 배가 고파 미칠 듯하면서도 따뜻한 말로 사랑을 보내주신 분들께는 너무 감격스러워 나무 뒤에서 눈물을 흘렸습니다. 고양이로 태어난 것도 모두 전생의 업으로 생각하고 있습니다. 부디 댁내 두루 평안하시길, 길고양이들도 빌겠습니다.

고양이의 전생

꽁띠가 먹이를 잘 먹지 않는다. 로마는 시도 때도 없이 보기만 하면 으왕‥ 소리를 낸다. 처음에는 도대체 무슨 이야기를 하지? 눈치를 챌 수가 없었다. 놀아달라고? 간식 달라고? 간식을 챙기니 부리 낳게 달려온다. 그러나 꽁띠는 조금 떨어져서 이쪽의 눈치만 살피고 있다. 요즈음에 양이들 얼굴을 찬찬히 들여다보곤 한다.

두 녀석 잘생긴 것도 같고 귀엽다. 어쩌다가 고양이로 태어났지? 동물의 전생은 무엇일까. 특히 우리 양이들 전생이 있다면 무엇이었을까 하는 상상을 해 본다. 고대 이집트 사람들이 고양이를 신으로 모시고 화려한 의상을 입히고 애지

중지하였다는 이야기를 생각한다. 안쓰러운 감정이 든다. 애들한테 잘해주어야겠다고 하는 생각이 든다. 사람의 됨 됨이의 조건 가운데 사단칠정 그 가운데 측은지심이 떠오른다.

집에 있는 식물에게도 우리 양이 들에 관한 생각도 이 범주에서 생각하면 세상 사는 우리 모습이 훨씬 행복하지 않을까.

고양이와 인간의 차이점

음식 : 고양이는 허기를 느껴야 먹는다.

인간은 하루 세 끼를 규칙적으로 먹는다.

활동 : 인간은 주로 낮에 활동한다.

고양이는 원하는 시간 아무 때나 활동한다.

감각 : 지각할 수 있는 음역이 제한적이다.

고양이는 5만 헤르츠의 초음파까지 탐지할 수가 있다.

후각 : 고양이는 인간보다 40배 발달되어 있다.

고양이 후각세포 수는 무려 2억 개 인간은 500만 개다.

시각 : 인간은 시야가 180도인데 반해 고양이는 280도다

기타 : 고양이는 인간에게는 없는 야콥슨 기관이라는 감각 기관이 있다. 냄새를 맡을 때 윗입술이 올라가면서 앞니 뒤쪽 천정에 있는 두 개의 작은 관이 열리는데 이 관을 통해 야콥슨 기관으로 냄새가 전달된다. 고 양이 수염은 공기 중의 아주 미세한 진동을 잡아낸 다

못난이 까미 이야기

〈까미〉는 길고양이 이름이다. 우리 아파트 화단을 중심 삼아 이 동네 저 동네 다니면서 먹이를 찾는다. 얼른 보면 검은 고양이 네로하고 몇 촌쯤 되는 혈통 같으나 사람들 말로는 고양이 치곤 되게 볼품이 없다고 한다. 검은 고양이 가운데 얼마나 멋있고 잘생긴 고양이가 많은가.

〈까미〉는 턱시도 모양도 아니고 그저 온몸이 검다는 말이외는 특색이 없다. 얼굴, 그것도 코 옆으로 해서 입술까지 검은 털이 보기가 쪼금 민망한 수준으로 나 있다. 고양이치고는 조금 못난 양이어서 인기가 별로다. 길고양이 세계에서도 아마 루저로서 따돌림받고 사는 듯도 싶다. 배고픈 양이는 화단 위에 놓여있는 먹이 그릇 주변이 아닌 한참 떨어진 곳에서 누가 먹이를 가져오나 살핀다. 다른 고양이들이 열심히 먹고 난 후 사람들이 없는 틈에 다가와 먹이를 뒤집는다. 날이 갈수록 까미의 처지가 마음이 쓰인다.

　용모라는 게 동물의 세상에서도 삶의 척도를 결정한다. 그런다고 성형술을 받을 수도 없는 처지고 아마 팔자타령으로 매일을 보내리라 여겨진다. 비가 많이 오는 날에는 느닷없이 까미는 어떻게 하고 있을까? 먹이나 제대로 챙겨 먹었는지 마음이 쓰인다. 우리 집 두 양이들, 밤낮으로 간식을 달라 먹이를 달라 틈만 나면 야옹질인데, 〈까미〉는 이런 응석을 떨칠 처지도 아니지. 비가 그치면 화단에 가서 어떻게 지내는지 살펴야 할 것 같다. 봄비가 내리는 밤이면 잠을 설치게 한다.

황야의 고양이들

삐노야 삐노야

불러도 대답이 없다. 어데로 이사를 갔나? 아니면 굶주린 배를 채우러 근처 마을로 먹이 구하러 갔나? 속으로 애를 태운다. 아침 출근 시간에 일부러 아파트 뒤 화단 쪽으로 갔다. 그래도 보이질 않는다.

오후 퇴근길에 또 들렸더니 얼굴에 검은 반점이 있는 검정고양이 까미가 화단 에어컨 환풍기 위에서 기다리고 있다. 여기에서 삐노네 식구를 기다리는가? 화단 여기저기 놓여있는 상자 안의 먹이통에는 한 움큼의 먹이도 보이질 않는다. 황량한 풍경이다. 오손도손 식구가 모여 있어야 할 곳에 불청객인 까미만 마실 나간〈?〉 삐노네를 기다리고 있으

152

니 사람 마음이 편안할 수가 없지. 그러나 챙겨 온 먹이를 통 속에 넣어 주며 제발 이곳에 사는 고양이네 가족에게 별 탈 없기만을 빈다.

다음 날 아침이다. 양이 두 녀석이 화단 나무 아래서 누군가를 기다린 듯싶다. 반가운 마음에 나도 모르게 소리가 나왔다. 아이고, 삐노야, 우리 삐노, 네 형제는 좋은 환경의 집으로 입양 가 사랑을 듬뿍 받고 지내는데 이게 뭐람. 짱하고 또 한 마리 양이가 나타났다. 덩치가 크고 얼굴에 조금 심술이 열렸다. 엉, 못 보던 녀석인데!? 놈은 조금 떨어진 나무 밑에서 이곳을 염탐하고 있다. 상항을 알고 싶은 모양이다. 배를 보니 이 녀석도 어간이 굶은 모양으로 배가 홀쭉하다. 이 녀석이 삐노네 먹이를 빼앗아 먹으면 어쩌지. 몰골을 보니 저 녀석도 안됐다 싶은 마음이 든다.

사람 세계에서 말한 소위 측은지심인가. 자리를 비켜준다. 힘센 놈이 온통 독식하던지 나누어 먹던지 너들 알아서 해라. 나의 이런 지극히 이기적인 결정 이외에 다른 길이 없을 것 같다. 동식물을 막론하고 사람이 이들에게 대하는 이기적인 마음이 조금 껄적지근하다.

고양이를 다 안다고?

퇴근하는 길이 조금 조급해진다. 우리 팽이들, 내가 없을 때 먹이나 제대로 챙겼을까. 집에 들어서니 로·꽁이 아는 체도 하지 않는다. 이런 일이 집사 노릇을 하며 한두 번도 아닌 체험이긴 하지만 이럴 때의 당황함이란 물론 자괴감 때문에 내가 무슨 큰 잘못된 일이라도 했나 하는 성찰을 재빨리 하게 된다.

꽁띠는 이제는 눈을 감았다 떴다 하며 이태백이 달을 쳐다보며 시상을 가다듬는 형상을 한다. 요것들 봐, 감히 집사에게 이런 무례한, 아차, 이 녀석들이 사람이 아니라 동물이지 동물, 생각을 다시 가다듬고 살핀다. 나 자신이 이들을

154

다 안다고 자만하지는 안 했을까. 그런데 냉정히 따지면, 애들을 알긴 뭘 알아? 사람 세상에서도 오랜 세월에 서로 알고 친하게 지내던 사람이 예기치 않은 행동을 할 때, 나의 인간의 관계성에 대한 불찰이 부끄러울 때가 더러 있다.

너 자신은 주위 사람들을 어느 정도 알고 있지. 그의 내면의 마음이 움직이는 방향을, 뿌리를, 자신에게 묻고 답한다. 답을 얻을 수가 없다. 야옹아, 미안하다. 이 세상에서 함께 살고 있는 생명체에 대한 무지함으로 둘러쌓고 있는데도 나의 이 오만은 어디서 나왔지? 교만한 태도가 바로 우리 양이들에게 오늘 들킨 게 아닌가.

고양이 두뇌가 사람을 넘어설 수 있을까

　프랑스 작가 〈베르나르 베르베르〉가 지은 고양이 소설 〈문명〉의 주인공 예를 들어보자. 이 고양이는 인간 못지않은 지능으로 쥐와의 전쟁에서 자신과 종족을 위해 혈투를 한다.

　어떤 독자는 너무 노가리〈?〉를 벌리네. 아무리 작가라고 해도 너무 황당한게 아냐 하고 콧방귀를 뀐다. 생물계에서 우선 동물부터 살펴보자. 이른 단정은 금물이다. 동물학자들에 의하면 고양이 IQ는 보통 50정도라고 한다. 개가 60. 보노보 침팬지는 무려 120. 거의 사람의 지능에 근접한다. 바다 생물인 문어는 보통 8개의 다리를 3개의 심장을 가지고 있음이 알려졌다. 강아지 정도의 지능을 가지고 있다고 한다. 복잡한 길도 찾아갈 정도의 지능 수준이다. 영리하다는 쥐보다 6배의 신경세포를 지닌다. 코끼리 또한 동료의 죽음의 의미를 알고 조상한다는 사실이 사람들을 놀라게 한다. 미욱하다는 동물이 과연 이런 고등 이성과 감성을 지닌다는 사실을 아무리 인정하기 싫어도 엄연한 현실을 눈감는다고 해도 없어지지 않는다.

학자들에 의하면 환경으로부터 적절한 자극을 받게 되면 어느 종류도 지능을 발전시킬 수 있다고 한다. 그러면 앞서 말한 베르나르 베르베르의 소설 주인공 고양이가 사람도 미처 알 수 없는 문명의 이기를 이용하고 지식을 받아들여 컴퓨터를 하고 원자력을 이용한다는 주장이 과연 지나친 허구의 구성일까. 언젠가는 동물이 우리와 같은 고양이 사랑인들에게는 고양이가 과연 지구의 주인공이 되어 인간과 대등한 관계 형성을 하는 때가 있을까? 신기하나 그러나 끔찍하고 놀라운 현실을 상상하여 본다.

인공지능 로봇이 사람의 인지를 접목하여 인간과의 사랑의 감성을 가지게 된다는 영화 이야기는 그럴 수도 있겠구나 인정하면서도 동물, 고양이 세계의 이야기는 황당하다고 몰아붙이는 사람들의 아집과 무지가 두려워진다. 하버드 대학의 미래학자 〈후안 엔리케스〉 교수는 곧 닥쳐올 미래는 우리가 정의라고 알고 있던 것, 진실이라고 알던 지식의 거의 50%가 뒤집힐 수도 있다고 연구 결과를 보고하고 있다. 미래의 세상은 우리가 생각하던 것보다 더욱 빠르게 진화하고 있다.

지능에 대한 탐구_집사를 닮을까요?

동물은 애초부터 사람들에게서 업신여김을 받았던 모양이다. 어느 문헌을 찾아도 동물의 지능에 대한 심오한 연구를 한 경우를 쉽게 찾기가 어렵다.

우선 사람으로서는 감히 동물이 인간과 대등한 입장에 선다는 게 도저히 받아드리기 어렵다. 그래서 인간은 동화나 만화 가운데서 말하는 동물, 사람과 대등하게 대화를 나누고 감정을 주고받는 스토리를 만든다. 그리고 인간의 절대성과 우월성에 대한 자존감을 지킨다.

일부 동물 행동학자나 런던대학교에서 강의하였던 타너 교수 같은 분은 그의 저서 〈교육과 신체 성장〉에서 아이들

의 성장 과정과 동물의 성장을 비교 관찰한 대단한 연구를
한 학자였다. 우선 사람의 경우를 살펴보기로 한다. 신경 발
달에서 아이는 3세가 되면 계단을 오를 때 발을 번갈아 내딛
게 된다. 내릴 때는 4세가 되어야 한다. 정서 사회적 발달에
서는 3세가 되면 자신의 나이와 성별을 말할 수가 있게 된
다. 자라나는 연령에 따라 이러한 발달이 순차적으로 일어
난다. 물론 예외도 있다. 3세가 된 고양이가 나이를 말하고
제가 수놈이라고 말했다는 소식은 동화 이외에서는 들은 적
이 없다.

발달의 순서나 정도에 있어서 사람과의 차일는지 모른
다. 우리 집고양이들에게 이름을 부르면 대답은 없으나 눈
은 껌벅인다. 보통 고양이는 평균 지능이 2-3 된 아이와 비
슷하다는 연구 결과를 이야기하는 사람도 있다. 지능 문제
를 관심 삼는 것은 미물, 즉 축생이란 비하로는 이 동물의
이해는 요원하다. 집사가 변덕이 죽 끓듯 한다든지, 화풀이
로 자극하던지, 집안의 가족들과의 불화가 잦든지 하여도
함께 사는 고양이는 나 몰라라 할까. 그 집고양이도 집사의
성품을 닮아간다는 말이 헛소리가 아니길 바란다.

하느님이 만물을 창조하셨다는 창조론을 믿더라도, 진화의 산물이라는 주장을 믿더라도, 거기엔 다 이치가 있다고 믿는다. 이것을 부인하면 우리 존재 가치도 부인되기 때문이 아닐까?

시인 고양이 꽁띠

창으로 스며든
별빛을
두 손에 받아
잠든 집사 얼굴 위로
가만히 뿌려준다

수정 알처럼 맑았다는
집사 마님의
목소리를 구슬로 엮어
집사의 두 귀에
걸어준다

안방 벽에 걸린

사진 속의 하늘에 계신

마님이

빙그레 웃는다

동물은 장난감이 아니다.
매장에서 새끼 고양이를 팔지 말라

인간의 역사에서 발전의 방향은 항상 올바른 것일까. 집 고양이 먹이를 구하러 이제 막 개업하였다는 펫 숍에 들렀다. 가게의 한쪽에 새끼 고양이들이 아주 작은 플라스틱 케이스에 갇혀있고 위에는 가격표가 달랑거린다. 가로 새로 겨우 10센티 남짓인 공간이다. 바둥거리는 어린 양이를 보고 충격을 받았다. 집사 노릇을 하기 전에는 무심하게 지나치던 광경이 많은 혼란을 주는 것일까.

1975년에 〈피터 싱어〉가 동물 해방 선언을 하기 전까지는 인류 문화의 금자탑을 쌓기 시작한 그리스에서도 특출한 이성이 없는 동물은 생물의 사슬처럼 최고위의 인간을 위해서 희생되어야 마땅하다는 이론이 대세였고 여기에 의문을 품는 사람은 많지 않았다. 서양의 위대한 철학자인 토마스 아퀴나스, 데카르트도 동물은 이성적 기능이 미비함으로 인간은 지배 동물에 대한 의무가 없다고 하였다. 그러나 동물에 대한 생각을 근본적으로 바뀌게 한 사람이 바로 찰스 다윈이다.

종의 기원이란 논문을 통해 모든 생물의 탄생이 같은 뿌리를 통해 진화 과정을 거쳐 발전 분화되었다는 사실을 현재 부인하는 사람은 많지 않다, 물론 기독교 교리와는 별개지만 이러한 동물에 대한 가치관은 동물 세계에서만 그친 것이 아니다. 아메리칸 인디언을 준 동물 취급하여 무자비한 학살을 하고 아프리카 흑인들을 인간 취급하지 안 하던 경우 이외도 역사에서 수많은 사실을 발견하게 된다.

오직 불교와 힌두교에서만 모든 동물은 함께 뿌리를 둔 생명체임을 깨닫고 동물 · 식물에 대한 생명으로서의 존중함을 가르친다. 인도의 고대 철학인 우파니사드가 그 원류였다. 비로소 1988년 오스트리아 1990년 독일 2003년 스위스에서 동물은 물건이 아니다 라고 선언한다. 종 차별주의 부도적이고 모순의 논리가 비판받기 시작한 것이다. 우리나라 국회에서도 동물 법이 제정되어 국회 통과. 〈4.5일〉 돈벌이로 너무 열악한 공간에 어린 새끼들을 집어넣고 학대하는 행위만은 반드시 감시하고 규제해야 한다. 우리 동물 법에 누락이 되어 있다면 보완해야 할 사항이다.

두 냥이를 위해 댄싱을 하다

우리 집 두 냥이가 이상하다. 꽁띠는 서재 방 서가 위에서 캄캄한 어둠을 벗하며 내려올 생각을 안 한다. 먹이에 대하여 워낙 까다로운 녀석이라 아무리 맛있는 간식으로 꼬여도 눈치만 살핀다. 퇴근하여 집에 오면 새로 구입한 놀이채로 이리저리 뛰면서 놀아주면 정신없던 아이다. 요즈음 바쁜 일이 있어 놀이 시간을 충분히 지키지 못하였다. 그 사이에 문제가 생긴 것이다.

로마는 잠자리에 들 무렵이면 드드럭 공기 청소기의 소리를 듣고 번개같이 달려온다. 떠억, 이미 청소된 침대 위에서 이리저리 데굴데굴 한다. 하, 이건, 다시 청소를 해? 난감하다. 어쩔 수 없이 로마가 자리를 비우는 틈새를 이용하여 청소를 감행, 그러나 총알 같다. 분명히 건넌방에 있었는데 어느 사이에 달려와 침대 위에 벌렁 누워 시위를 한다. 여기도 내 방이야. 몇 번 실랑이하다가 억지로 방 밖으로 로마를 밀어낸다. 그 과정이 조금 와일드 했나? 이제는 침대 밑으로 들어가 시위다. 간식 좋아하는 녀석에게 간식을 들이밀며 유혹을 하나 웬걸, 내가 까짓것 간식에 휘둘리는 고양이인가 미동도 없다. 이런 사태가 이삼일 계속된다.

먹이의 식사량이 줄고 물론 두 녀석의 행동 양식에 변화가 온다. 활발성이 확 줄었다. 이 녀석들에게 우울증이 찾아온 건가? 사람들이 이 증세로 많이들 고생하는데 애지중지하는 고양이들마저 증상을 보이면 안 되는데 어쩌지? 우리나라에는 아직 고양이 심리에 대한 인식도 별로 없고 치료 전문가도 없다. 이리저리 문헌을 찾아 사람과 어떻게 다른 증상이 나타나는가를 유추해 본다. 그게 보통 어려운 일이 아니고 모르는 게 투성이라 너무 어렵다. 우선 손쉬운 방법을 찾자. 아부〈?〉요법을 시작하기로 했다. 쓰다듬어 주고 맛있는 간식을 대령하고 산타처럼 고깔모자까지는 아니지만 이리저리 뛰면서 열심히 놀이채를 휘두르고 목에서는 흥겨운 리듬 그리고 율동까지 곁들인다.

그 누가 갑자기 집을 방문하여 이 광경을 보았다면 어머나! 이 집 주인이 실성했나 봐 하고 기절초풍을 했을 법하다. 틀림없다. 기절초풍하는 요법을 삼일 연속 연출〈?〉한다. 드디어 삼 일째에 효과가 나타나기 시작하였다.

　휘이‥, 입에서 나도 모르게 한숨 소리가 난다. 어렵다. 사람이나 동물이나, 함께 정을 나누고 산다는 일, 참으로 힘든다. 그러나 이게 삶의 진정한 과정이 아닐까. 스스로를 위안한다.

길고양이 〈까미〉 이야기

아파트 화단에 터를 잡고 살고 있는 길고양이 〈삐노〉 가족에 대한 이야기의 속편이 될 것 같다.

〈까미〉는 어느 날, 다른 동네에서 이곳으로 흘러들어 와서 삐노네 식구들에 빌붙어 사는 고양이다. 얼굴에 검은 무늬가 돋보이고 덩치도 크다. 인상을 보면 삐노네 식구들 과는 영 다른 족보다. 한가락 하는 스타일이라고 하면 걸맞 을는지도 모르겠다. 그동안 딸은 안쓰럽다고 삐노네에게 지극 정성으로 먹이와 물을 준비해 돌보아 주었다. 우리 집 아깽이들 돌보는 데도 힘이 드는데 너무 무리하는 것 아니 냐 타일러도 막무가내다.

〈까미〉가 〈삐노〉네에게 준 먹이를 빼앗아 먹는 현장을
본 딸이 소리쳐 쫓은 후에는 멀찌감치 피해 있다가 다시 접
근한다. 나중에는 굶고 앉아있는 처량한 모습이 맘에 걸려
아예 충분한 양의 먹이를 주고 있다. 화단 한쪽에는 고양이
에게 먹이를 주지 말라는 표지판을 만들어 가지에 걸어둔
어느 주민이 신경 쓰인다.

　아침에 출근하다가 딸 차 옆에서 홀로 앉아있는 〈까미〉
를 발견한다. 많이 굶었는지 홀쭉한 뱃가죽이며 몰골이 조
금 처량한 모습이다. 이 녀석아, 동네 이곳저곳에서 먹이를
마련할 수가 없는 형편없는 능력인 이 녀석을 어떻게 불러
야 하나. 오늘 출근길이 바쁘다. 그러나 고양이 모습이 영
마음에 걸린다.

봄날의 우리 양이들

　봄은 고양이에게도 힘든 계절일까. 집사가 밖의 일이 넘치고 애들과 함께 있을 시간이 많지 않아. 애들도 나른해지고 우울감으로 하루의 시간이 길게 여겨진다. 집사와 가족구성원 그 누군가 곁에 있어 주면 얼마나 만족할까. 그러나 현실은 딱 그렇지만 않다. 집사인들 왜 눈치가 없을까? 코로나 시대를 지내고 있는 사람들의 영혼도 조금은 지쳐있는지도 모른다. 그러나 활기차게 달리고 포획 자세로 먹이 대상을 노리는 연습에 몰두하는, 우리 양이 들의 모습을 멀지 않아 보게 되리라. 믿는다. 그날이 어서 오기를.

봄은 고양이로다

이장희 〈1900-1929〉

꽃가루와 같이 부드러운 고양이의 털에
고운 봄의 향기가 어리우도다

금방울과 같이 호동그러운 고양이 눈에
미친 봄의 불길이 흐르도다

조용히 다물은 고양이의 입술에
포근한 봄의 졸음이 떠돌아라

날카롭게 쭉 뻗은 고양이의 수염에
푸른 봄의 생기가 뛰놀아라

동물은 어떻게 슬퍼하는가 〈1〉

우리 집 꽁띠가 근심 어린 눈빛으로 큰 방의 옷장 앞에서 문을 쳐다보고 있다. 무슨 일이지? 그런데 로마가 보이질 않는다. 로마야 로마야 불러도 대답이 없다. 꽁띠에게 맛있는 간식을 줄 테니 마루로 가자고 꾀인다. 그러나 눈치만 보다가 야옹 소리를 낸다. 옷장 문을 열었더니 그 안에 로마 녀석이 갇혀있다. 눈을 크게 뜨고 조금 겁이 난 표정이다. 놀이를 하다가 그 안으로 들어갔는지 평소에 이 녀석의 취향대로 안으로 쳐들어갔는지는 알 길이 없다.

문제는 꽁띠의 걱정스러운 표정이다. 동물을 너무 의인화하여 사람 등급으로 판단한다는 비평의 소리를 의식하게

174

된다. 동물을 사랑하는 우리는 동물의 생각과 감정에 대하여 얼마나 알고 있을까. 처음부터 동물의 이러한 인지 능력 감정과 사고 능력을 인정하기 싫은 사람이 의외로 많다는 것을 알게 된다. 그래서 애완동물을 가까이 접하는 분들은 필자가 어떠한 이야기를 하려는지 대강은 눈치로 알고 계시리라 본다. 〈바바라 j. 킹〉은 인류학자이고 과학 작가이며 고양이 구조자다. 이분이 쓴 〈동물은 어떻게 슬퍼하는가〉를 중심으로 이야기를 풀어갈까 한다.

동물은 어떻게 슬퍼하는가 〈2〉

　이 책의 내용의 본질은 사랑의 슬픔이다. 각종 동물, 바다 거북이, 고래, 말, 원숭이, 개, 고양이 등등 사람의 주변에서 대할 수 있는 많은 동물의 생명체에서 그동안 우리가 알지 못하였던 감정의 물줄기가 흐르고 있다는 놀라운 발견을 저자는 이야기한다. 또한 그 감정이 인간만이 가지고 있을 거라는 독단과 아집에 사로잡혀 있는 인간에 대한 통렬한 물음이다.

　많은 동물에서 볼 수 있는 감정의 흐름을 하나하나 보기를 통하여 사람들에게 보여준다. 바로 이것이다. 아프리카 초원에서 살던 코끼리가 죽자 함께 살던 코끼리가 분출하는 슬픔의 감정의 강물이 어떻게 나타나는. 이외도 수많은 동물의 예를 보여준다. 애완동물을 가까이 두고 돌보고 있는 사람들도 미처 깨닫지 못한 그들의 습성〈?〉, 내면의 감정의 강을 알지 못하고 애써 무시하며 지냈던 자신이 부끄러워진다. 주변 가까운 가족이 생을 마침 할 때 느끼던 폭풍의 회오리, 감정을 동물이라고 왜 지니지 말라는 경우가 있을 것인가.

저자는 여기에 대한 문책이 아니라 차근차근하게 무엇이 진실인가를 추구해 나가야 한다고 말한다. 그것이야말로 사랑하는 모든 것에 대한 참사랑이라고 호소한다.

동물은 어떻게 슬퍼하는가 〈3〉

가장 대표적인 사실 하나를 소개한다. 하치란 이름의 개이야기 도쿄를 여행하는 사람들은 성지 순례하듯 하치 동상을 보러 시부야역을 방문하곤 한다. 하치 또는 공〈公〉을 붙여 하치 공이라 높여 부르는 이 아키타견은 1923년에 태어나 곧 도쿄 제국 대학교수인 우에노 에이자부로에게 입양됐다.

우에노 교수는 매일 시부야역까지 걸어가 전차로 출근했다. 그리고 매일 아침 하치는 이런 우에노 교수를 따라갔다. 하치는 우에노 교수가 탄 전차가 출발하면 돌아왔고 저녁이 되면 어김없이 우에노 교수를 마중하러 다시 시부야역으로 갔다. 1년 넘게 교수와 하치는 늘 이렇게 함께 다녔다. 그런데 우에노 교수가 근무 중 갑자기 사망하고 만다.

하치는 시부야역에서 다시는 집으로 돌아올 수 없는 친구를 기다렸다. 10년이 넘도록 하치는 이 의례를 지속했다. 매일 아침 역으로 가 조용히 우에노 교수를 기다리면서 세월이 흘러 몸이 굳고 움직임이 둔해져서도 하치는 자신에게 의미 있는 단 한 사람을 기다리며 역을 살폈다. 하치는 1935년에 세상을 떠났다. 매년 4월 8일이면 개 애호가들은 시부야역의 하치 동상 앞에 모여 추도식을 열고 하치를 기린다.

* 1987에 일본에서 이 이야기를 바탕으로 한 영화가 나온데 이어 2009년 리처드 기어가 우에노 교수 역을 맡은 영화가 리메이크되어 나왔다. 하치의 이야기는 종을 넘어선 사랑과 충성에 관한 것이다.

4부 · 우리 집 고양이는 쨤보

도리스 레싱 〈고양이에 대하여〉

    고양이란 생명체에 접근하는 사람은 또 얼마나 많은가. 이 동물에 대한 생활상 탐구와 이해에도 천차만별이다. 사람들은 자기야말로 이 동물에 대한 지식과 사랑에는 그 누구에게도 빠질 수가 없으리라 자신한다.

    〈도리스 레싱〉은 이란 태생의 영국 여류 작가다. 2007년 88세의 늦은 나이에 비로소 노벨 문학상을 수상한다. 〈고양이에 대하여〉는 소설이 아니라 산문집이다. 어린 시절 아프리카에서 고생하며 살았던 환경에서 고양이는 그에게 많은 위안과 희망을 안겨주었다. 책을 접하고 나면 우리가 고양이에 대한 사랑과 많은 지식으로 무장〈?〉하고 있는가에 대한 자부심이 너무 보잘것없음에 당혹스럽고 부끄러워진다. 여류 작가의 섬세한 관찰과 사랑이 이 동물에 대한 진정한 이해에서부터 시작하는가를 반성하게 된다.

〈회색 고양이가 수천 년의 세월을 건너 뛰어 사자와 자신이 친척 관계임을 기억해 낸 걸까? 하지만 내가 궁금한 것은 이것이다. 만약 검은 고양이가 우리 집에서 함께 살게 되지 않았다면, 그래서 회색 고양이가 계속 우리를 독점하고 있었다면, 중년에 접어든 녀석이 귀찮게 우리를 구워삶으려 했을까? 자부심과 허영심을 드러내는 이런 복잡한 언어를 만들어 냈을까? 새나 쥐를 한 번이라도 사냥했을까? 별로 그러지 않았을 것이다〉

회색 고양이와 검은 고양이 두 마리 사이의 미묘한 관계며 양이들 사이와 사람과의 사이에 얽힌 인연, 감정 그리고 사랑에 대한 진지한 성찰이 우리를 사로잡는다. 고양이를 돌봄으로 사람이 그 얼마나 많이 생명에 대한 가치와 사랑을 얻게 되는가.

변덕스런 입맛

간식은 고양이를 돌보는 데 필수적이다. 우는 놈 떡 하나 더 준다는 말처럼 고양이의 투정 앞에는 대부분 집사가 손을 들고 만다. 우리 집 꽁띠도 예외는 아니다. 그동안 선배 집사님들의 조언으로 평소에 사용할 참치 간식을 준비해서 요긴하게 사용했다.

두 녀석이 형님 동생 하는 처지인 듯 먹이통 속의 간식을 먹는 데는 서로 입을 서둘러 들이민다. 야옹이가 한밤중에 침대 아래서 〈야웅‥〉하고 운다. 잠결에도 왜 그래? 소리가 절로 나오고 잠에서 깨어난다. 집사들의 생리다. 자기 전에 먹이통을 챙겼는데 벌써 시장하면 어떻지?

고양이 우는 경우가 딱히 배고픈 경우만 있을까. 심심하고 고적해서 그런 경우를 생각해 본다. 이럴 땐 잠자는 척 더 이상 대꾸 없이 누워있을 때가 있다. 꽁띠가 요즈음 입맛이 많이 변하였다. 연어 간식을 냄새만 맡고 외면. 제 몫을 이미 챙긴 로마가 잽싸게 꽁띠 간식을 가로채 먹는다. 이건 아닌데 불공평하지 않나. 자주 그러하니 꽁띠가 얄미워진다. 입맛의 변화는 사람 못지않게 고양이들에게도 마찬가지인듯싶다. 간식의 선택에 대한 지식, 그리고 생태 환경에 근거한 준비가 아주 필요하다.

로마, 드디어 제 얼굴에 취하다.

　방안 거울의 존재를 처음부터 대수롭지 않게 보지 않던 로마다. 거울 속의 사물이 그런 모양이고 나하고는 무슨 상관이람? 로마가 오늘 보이는 행태가 심상하지 않다. 고양이와 인간 사이의 관계가 유전 생물학에서 말하는 관계성과 많이 닮았다고 여긴다. DNA chain에서 보는 유전자 배열의 서로의 몸통을 감고 있는 공식이 바로 사람과 고양이와의 관계성을 보는 듯싶다.

　거울 속의 모습이 이게 과연 누군가? 이 희한한 존재가 무엇인가? 로마는 오랫동안 거울 속의 고양이를 탐색한다. 나르시즘이 꼭 사람에게만 해당될까. 이들의 정신세계의 일부만이라도 알 수 있다면, 사람과 소통하는 데 얼마나 좋을까. 이런 의견을 말하면, 이조 성리학자들의 빗발 같은 반발을 불러올 것이다. 그들은 동물의 정신세계를, 그 존재를 도저히 받을 수가 없었다. 이들 뿐일까, 기독교에서도 동물의 정신세계는 인정받지 못하고 있는 터라 이 문제는 앞으로 더한 시간과 수많은 연구 과정을 거쳐야 어느 정도 답을 얻으리라 여겨진다.

꿀잠 자는 고양이

동물에게 잠은 필수다. 고양이가 자기의 영역에서 정신 없이 잠을 자는 모습을 보면 불면증으로 고생하는 집사는 기가 차고 부럽다. 더구나 눈을 반쯤 감고 자는 모습이라니. 봄날 양지바른 곳에서 늘어지게 잠자는 양이는 세상 팔자가 그렇게 좋아 볼일 수가 없다. 보통 14-15시간이 평균치라고도 한다.

낮에 실컷 잔 로마가 새벽 무렵 나의 침대 아래서 야옹야옹을 한다. 알아서 그만 자고 자기와 놀아달라는 말이다. 못 들은 척 눈을 감고 있으나 영물인 로마는 이미 집사가 잠에서 반쯤 깬 상태임을 알고 있다. 잠이 조금 부족한 상태임을 안 나지만 어쩔 수가 없어 에라, 곁 이불을 걷어차고 일어난다. 우선 먹이통이 비어있는지를 확인. 비어있으면 먹이를 채운다. 그러나 야옹 소리가 조금 길게 시작되면 좋아하는 간식 꺼내 주면 로마는 먹는 데는 정신이 없다. 이때쯤 다른 곳에서 자던 꽁띠가 일어나 엉금엉금 다가온다. 꽁띠는 로마가 사족을 못 쓰는 참치 종류의 간식은 전혀 관심이 없다. 같은 야옹이도 이렇게 식성이 달라서야 집사 노릇을 제대로 하겠나. 오늘 하루도 두 양이들과 어떤 하루가 될지 기대된다.

놀이하지 않는 집사님, 내 사표 받아줘!

인간더러 놀이의 산물이라고 한다. 놀이야말로 사람이 사람답게 발전하는데 중요한 하나의 요소다. 따라서 인간 생활의 밑바닥에는 알게 모르게 수많은 놀이가 거미줄처럼 깔려 삶을 지배한다. 너무 단정적인 주장일까?

1978년 작고한 프랑스의 철학자이며 비평가인 〈로저 카유아〉는 그의 저서인 〈놀이의 인간〉에서 놀이야말로 6개의 분야 즉 자유로운 활동, 분리의 활동, 미확정의 활동, 비생산적인 활동, 규칙의 활동, 허구의 활동으로 나누어 볼 때 이 범위 안에 놀이가 있다고 하였다. 어릴 때 경험했던 술래잡기 땅따먹기 숨바꼭질 등의 놀이를 통하여 이미 삶의 규칙을 배운다고 한다. 결국 놀이는 문화 발전의 원천이라고 말한다.

집사가 되어서 초기에는 어린 양이가 귀엽고 신기해 부리나케 먹이와 잠자리를 챙긴다. 놀이기구를 쉴 사이 없이 마련하고 양이들과 노는 재미가 그 얼마나 쏠쏠한가. 그러나 시간이 갈수록 생활이 바쁘고, 양이들과 노는 시간이 줄어든다. 대부분이 놀이 시간은 노루의 꼬리처럼 닮아지게 된다. 위기의 시간이다. 양이가 점차 놀이에 스스로 멀어지고 흥미를 잃게 되고. 활동하는 양상도 활기를 잃게 된다. 우울 증상이 사람 못지않게 나타나게 된다.

집사와 양이 사이에 일차적인 위기〈?〉의 순간이 오게 되고 양이도 집사도 지금의 처지를 느끼며 각각 다른 셈법을 찾게 된다. 이를 어떻게 하지? 결국은 결자해지의 주인공은 집사의 몫이다. 따라서 집사로 취임하기 전에 반드시 여기에 대한 각오 즉 마음 다짐을 통하여 준비하고 테이프를 커트해야 한다 올바른 관계성은 사람과 동물에서도 똑같다는 점을 마음에 새긴다.

나도 집사처럼 누워볼래, 로마가 데모하네!

집사에게 골치 아픈 여러 가지 가운데 고양이 털 문제
는 반드시 해결해야 할 요소의 하나다. 거실이며 침실을 비
롯해 집안 이곳저곳에 널려있는 고양이 털도 문제나 방 안
공기 가운데 날아다니는 털이 더욱 어렵다. 호흡기가 약한
노약자나 아이들에겐 특히 위협적이다.

방 안의 공기 청정기를 아무리 오래 돌려도 큰 효과가 없
다. 사람의 기관지나 허파에 달라붙어 재수 없으면 만성 기
관지염, 만성 기관지 폐쇄증 그리고 기관지 알레르기의 주
범이 되어 사람을 괴롭힌다. 가족들의 옷에 붙어있는 많은
털을 털어내랴 집안 공기를 청정화 시키랴 집사의 일은 많
아진다. 요즈음은 실내 청소기가 흡인력이 좋아져 이를 사

용하기도 한다. 끈끈이로 된 털 제거기도 사용한다. 문제는 우리들의 사랑하는 양이들은 끊임없이 움직이는 동물이란 점이다.

노력하지 않고 정성 들이지 않는 집사는 없으나 자칫 소홀하기 쉽다. 충동적으로 고양이를 기른다는 사람들이 있으면 생각해 볼 경우다. 우리 집 양이들 가운데 치즈인 로마의 털이 더욱 문제다. 털북숭이 녀석은 온 집안에 털을 흩날리고 뿌리고 다닌다.

저녁에 서재에서 놀고 있는 로마를 확인하고 침대 위를 공기 청소기로 힘들여 뽑아낸다. 거의 청소가 다 될 무렵 로마가 번개같이 달려와 침대 위에 벌렁 누운다. 뺨을 바닥에 대고 눈을 감고, 능청스럽다. 얼른 일어나 가라고 하여도 마이동풍. 하, 이 녀석이 이제는 내 잠자리까지 빼앗네. 귀에 대고 속삭이듯 말을 불어넣어도 눈만 감고 있다. 이리하여 집사의 또 하루는 저물어가는구나!

싸움질 _ 누구 편을 들지?

평상시에 사이좋게 지나던 고양이가 싸움질이다. 송곳니를 내밀고 털은 곤두세우고 얼굴은 사람 검투사 못지않게 험악하다. 평소에 사랑받던 우리 양이가 맞아? 집사뿐만 아니라 가족 모두가 깜짝 놀란다. 얼마 전까지도 서로 달리며 즐겁게 지나던 두 사이가 갑자기 악화로 치달아 다툼질이다. 집사는 불안해진다.

왜 그래? 내가 무슨 잘못을 했나? 이리저리 생각해도 특별한 싸움의 계기가 될만한 것은 없는 것 같다. 다행하게 다툼은 단기전으로 끝난다. 이럴 때 고양이 세계를 깊이 이해하지 못하는 집사의 한계를 깊이 한탄한다. 원인을 크게 나누어 생각하면 첫째가 영역권의 분쟁 두 번째가 먹이 문제 셋째가 암·수가 함께 살 때는 사랑 다툼이다. 싸움은 말리고 홍정은 붙이라고 했지? 사람 세상에서는.

그런데 동물의 세상에서는 이게 쉬운 일은 아니다. 이럴 땐 선배 집사들 의견은 그냥 두라고 한다. 자칫 잘못하면 한쪽 편을 든다고 오해할라. 사실 마음이 좀 걸리긴 하다. 그래서 오랫동안 함께한 두 양이를 예뻐할 때도 우리 꽁띠 예쁘다 쓰다듬어 주다 살피면 로마가 빤히 쳐다보고 있다. 얼른 로마에게 가서 우리 로마도 예쁘다 애교〈?〉를 부린다. 집사 하는 동안 이렇게 팔방미인이 된 나 자신이 신기하다.

이런 애교라면 이미 하늘나라에 가 있는 집사람도 생전에 감탄하였을 터인데. 언제 다툼질 있었지, 둘이는 다시금 사이좋게 이리저리 옮겨 다니며 먹이통을 뒤지고 놀고 있다. 다툼질은 동물의 세계에서 뺄 수 없는 생명의 한 형태다.

우리 집고양이는 잠보

우리 두 양이는 잠보다. 틈만 나면 잠을 잔다. 잠자는 자세도 가지각색, 움집에서 구부리고 잠을 자기도 하나, 책상 아래, 식탁 의자, 거실 의자 위에서 꿈나라에 정신이 없기도 한다. 이렇게 시도 때도 없이 잠만 자는 양이들 모습을 보면 처음에는 겁이 덜컥 난다고 한다. 특히 처음 분양받은 경우는 잠만 자는 고양이에게서 무서움을 느끼지 않는 집사들은 드물다. 먹이에 체였나, 무슨 병이 들었나, 온갖 불길한 생각이 든다고 한다.

고양이 잠자는 평균 시간이 대략 14-15시간으로 알려있다. 이는 고양이에 따라 다소간 시차가 있을 수 있다. 우리

집고양이인 로마, 꽁이라고 잠에서 예외일까. 천만의 말씀
이다. 퇴근하여 돌아오는 길에서, 요 녀석들, 오늘은 어떤
표정일까. 하고 현관문을 열면 어느 때는 두 녀석이 자다가
막 일어난 사람처럼 눈이 게슴츠레하다. 사람을 기다리며
챙겨 준 먹이를 먹다가 놀다가 하루를 보냈을 것이다. 따라
서 밤에는 집안 이리저리 옮겨 다니며 논다.

신경이 예민한 가족은 입양 초기에 적응이 될 때까지는
힘들어하는 경우도 있다. 고양이가 야행성이라는 특성은 모
두가 알고 있는 사실이다. 사랑에는 얼마만큼의 희생과 인
내가 뒤따라야 한다는 말을 생각한다.

고양이 단상 _ 애들도 감정이 있을까?

고양이에게도 희로애락과 같은 감정이 있을까. 고양이를 연구하는 학자들의 의견은 대부분 긍정적이다. 고양이가 어떤 모습으로 이를 표현하는지는 아직 정설은 없다고 보아야 한다.

우리 집 로마가 나와 딸이 집을 몇 시간 비우고 돌아왔을 때의 두 눈알의 생생함과 목소리, 팔다리의 활기찬 동작을 보면, 오라, 즐거운 모양인가 보다 알 수가 있다. 집 안에서 놀아 줄 사람이 없을 때의 나, 재미없어하고 축 늘어져 앉아 있는 모습 또한 한 감정의 표현이다.

고양이도 웃을까? 사람은 40개가 넘는 안면 근육을 통한 움직임으로 웃는다고 한다, 사람의 표준에 따른 고양이 웃음은 아직 정설이 없다고 한다. 이와 비슷한 미세한 행동은 있지 않을까. 비록 사람이 알 수가 없지만 섬세한 얼굴의 표정 변화로 언젠가는 발견되리라 여겨진다.

사람처럼 소리를 내 너털웃음을 기대하는 것은 무리나, 고양이 나름의 웃음 행위는 존재한다고 여겨진다. 고양이 사랑은 이러한 미지의 행동 양식을 알아가며, 기대하는 가운데서 더욱 애착이 생기지 않을까.

고양이가 아프다

　우리 집 귀염둥이 꽁띠가 먹이를 먹는 동작하는 횟수가 줄어든 듯하다. 하루 이틀 사이의 증상이 아니다. 병원에 데리고 가야 하나? 그러다가 배가 고프면 영락없이 먹이통으로 와서 열심히〈?〉배를 채운다. 신나는 놀이기구를 구해오면 내가 언제 그랬냐는 듯이 방게 방게 뛰논다. 아픈 놈이 맞아? 걱정이 태산인 딸에게 너무 걱정 말라고 위로한다. 딸의 말로는 혹시 우리 꽁띠가 우울증에 빠진 게 아닌지 모르겠다고 한다.

　집사가 되기 전에는 동물에게 무슨 정서적인 애로가 있겠어. 단연코 노하던 나였다. 함께 지내보니 그게 아니다. 심지어 얼굴 표정에서도 다소간의 변화를 엿볼 수가 있다. 사람이 지닌 칠정을 어찌 다 가지고 있을 수가 있을까, 그러면 고양이가 아닌 다른 존재이지 자문자답한다. 모든 생물에서는 상황에 뒤따른 뇌 조직에서의 반응이 다소간의 차이가 있을 거라고 믿는다. 식물학자들 말에 의하면 나무도 평소에 자기를 귀찮게 구는 사람이 곁에 있으면 식물 호르몬의 분비되는 양에 차이가 있다고 한다.

실험적인 데이타이니 결코 내팽개칠 수도 아닌 과학적 결과다. 꽁띠를 보며, 세상에 있는 생명체에 대하여 너무나 모르는 것이 널려있음을 생각한다. 동물이 무슨 영혼이 있어? 하고 들이미는 사람에게 반박할 자료는 많지 않다 다만 〈칠정〉이 완비해야만, 생명체로 대접받는 사람의 인식이 조금은 의아할 뿐이다.

고양이의 겨울

기온이 갑자기 내려갔다. 옷장에서 겨울 내의와 외투를 챙긴다. 와, 벌써 또 한 번의 추운 겨울을 넘겨야 하나. 요즈음 겨울은 눈도 많이 오지를 않는다. 추위와 경제 불황으로 삶이 팍팍한 서민들의 형편이 듣는 사람들의 마음을 어둡게 하고 조금은 짜증 나게 한다.

우리 형편에 언제쯤 이런 어두운 이야기 대신 밝고 망가짐 두 손 한 각 가정의 이야기를 들을 수 있으면 얼마나 좋을까. 우리 아파트 뒤 화단과 주차장을 중심으로 생활하는 길고양이가 세 마리가 있다. 때로는 네 마리가 되기도 한다. 하루 종일 먹이 줄 사람을 기다리는 게 너무 안타깝다. 이를 보다 못한 딸이 아침저녁으로 먹이와 물을 챙긴다. 작년의 혹독한 추위를 견디어 낸 어미 고양이가 두어 번 새끼를 분만했다. 세 마리를 어찌어찌하여 임시보호자를 구해 의탁했다. 그중 처음부터 병약한 새끼 한 마리가 갑자기 죽었다고 한다. 이를 돌보던 가족들의 충격이란, 죽음을 처음 보는 아이들의 당황 분노 허탈을 어찌 소홀히 대할 수가 있을까.

이 겨울을 넘기기 위한 또 한 번의 일 처리가 남았다. 고양이를 싫어하는 주민들은 고양이에게 먹이를 주지 말라고 한다. 심지어 화단 나뭇가지에 이를 표찰로 만들어 걸어둔다. 고양이 보호 협회에 수소문하여 임시 겨울 집을 주문하여 설치한 것도 보이지 않는 다른 곳으로 치우라고 성화다. 관리소장을 만나 최소한 이 겨울만이라도 죽지 않고 넘길 수 있도록 협조해 달라고 협상한다. 그러나 겨울 집이 응달에 있어 애들이 그 속으로 잘 들어가지를 않는다.

동네 주민들 가운데 고양이를 사랑하는 사람들의 먹이 주는 일도 극성스러운 사람들의 성화 때문에 점점 숫자가 줄어든다. 설상가상으로, 한밤중에 딸이 일어나 밖을 내다보며 어쩔 줄을 몰라 한다. 들개들 세 마리가 몰려와 고양이 먹이를 탈취하려고 야간 습격한 것이다. 아마 고양이 먹이 주는 게 소문이 난 모양이다.

딸은 스틱을 가지고 내려가 개들을 겨우 물리치고 들어온다. 생물이 경쟁에서 아무리 적자생존이라고들 하나 비단 사람 사는 세상에 별일도 다 있다. 우리 집 두 고양이는 바깥세상의 살벌한 투쟁은 전연 모르는 듯 다가온다.

야아 옹···
맛있는 간식 달라는 소리다.

로마 이야기

　로마가 우리 가족이 된 이야기를 펼치자면 조금은 이야 깃거리가 될 수도 있고 시시껄렁한 잡담이 되기에 불과하여 좀처럼 남에게 이야기를 꺼내지 않았다. 이제 거의 만 3년이 되어간다. 어느 날 딸이 느닷없이 고양이를 기르자는 말을 한다.

　요즘 자식들은 이런 이야기는 의견을 내기에 앞서 이미 마음속으로 혼자 결정을 난 후 최종 결정을 아버지에게 구하는 형식이 많다. 처음에는 단호히 반대다. 우선 털 알레르기가 조금 신경이 쓰이고 먹이 문제며, 집안이 어수선하게 어지럽혀지는 것들도 반대 조건의 하나였다. 그러나 고양이 카페에서 함께 놀고 왔다는 딸은 두 양이가 도저히 잊을 수가 없는 모양이다. 아버지를 기어코 카페로 유인〈?〉하는 데 성공했다. 고양이 카페 안에는 여러 마리의 양이가 놀고 있다. 그중에도 검은색의 2개월 되었다는 녀석과 3개월 된 치즈 고양이가 제들끼리 신나게 쫓고 달리는 게임〈?〉을 한다. 그러나 나의 결심이 흔들릴 수 없었다. 이런 과정을 세 차례 거치고 드디어 아버지가 지고 말았다.

집에 데려온 날, 약간의 홍분과 기쁨, 걱정이 나를 사로잡았다. 이 두 녀석의 수발은 당연히 딸 몫이 되었다. 그러나 시간이 가자, 제 일에 바쁜 딸은 고양이 돌보는 일부분의 일이 어느 사이에 내 몫이 되기 시작한다. 고운 정 미운 정 함께하며 시간이 지나자 어느 사이에 양이 들 이 마음 가운데 같은 가족으로 자리 잡기 시작한다. 밖에 있을 때도 녀석들이 잘 놀고 있을까, 먹이는 잘 먹었을까 외롭지는 안 하나. 하, 이건 영락없이 사람 아이를 밖에서 데려와 키우는 형국이다. 내 팔자야, 하고 힘든 어머니들 비명이 입에서 나오려고 하나 시간이 갈수록 애들에 대한 정이 깊어진다.

멀리 여행을 가려는 계획도 미루게 되고, 직장에서의 귀가 시간도 자연히 재촉하게 된다. 사람들은 왜 저분이 저렇게 서두르는가를 얼른 이해할 수가 없었을 것이다. 딸만 해도 우리 두 양이의 미모가 아마 전국에서 제일일 거라고 거짓말을 한다. 미스& 미스터 Cat contest가 실제로 있으면 장원은 문제없다고? 미모가 문제가 아니지, 오직 아프지 않고 건강하게 자라기만을 바랄 뿐이다. 로마는 여간 영특한 편이다. 눈치가 빠르고 주관이 뚜렷하다. 배가 고프면 당연히 야옹 하고 집사에게 알린다. 또한 제 영역의 위치는 기어코 지키려는 고집이 엄청나다.

고층인 아파트 창문을 통하여 먼 도로의 오가는 자동차며 사람을 물끄러미 내려다보는 모습을 볼 때는 조금 마음 한 구석이 짠한 마음이 든다. 살아 있는 생물에 대한 근본적인 측은지심의 발로일까?

텔레비전 보는 고양이 로마

　로마가 텔레비전을 보고 있다. 상자 속에서 움직이는 놈을 어데서 본 것 같더라, 머리를 굴리는 로마의 표정이 가관이다. 애들은 저를 닮은 생명체를 인정하지 않는다. 오늘은 일본 사람이 만든 〈고양이와 할아버지〉 드라마다. 저를 닮은 듯하나 이건 아니다. 로마는 고개를 젓는다. 할아버지는 어데서 본 듯한 영감이긴 하는데 글쎄 잘 모르겠다는 듯 로마는 또 고개를 돌린다.

　그러나 그것도 잠시, 저 영감님하고 저 속의 어데서 본 듯한 무리의 하나인, 저 모양인 동물은 또 무어야, 계속되는 움직임에 고양이 로마는 드디어 바보상자 앞으로 달려가 화면 가운데 주인공인 녀석을 물끄러미 바라본다.

 세상엔 별 희한한 일도 다 있네. 나 닮은 놈이 이 세상에
또 있다니 그래서 세상은 요지경 속이라고 우리 집사께서
밤낮으로 입에 달고 힘들어하였구나. 이제야 감히 접히네
세상살이가 그 얼마나 힘든 줄을.

아! 까미의 삶

　이번 겨울의 혹독함은 많은 사람이 인정한다. 눈 내림이 예년에 볼 수 없이 엄청났다. 게다가 혹독한 추위까지 겹쳐 거의 일주일이 지나도록 길가에 쌓인 눈은 여전히 풀 죽지 않고 그대로다.

　우리 아파트 길고양이 〈까미〉를 위시한 서너 마리 길고양이들. 겨울나기에 관심 있고 고양이를 사랑하는 분들의 돌봄에 힘을 탄 것인지 까미는 혹독한 겨울을 그런대로 이겨나가고 있다. 며칠 전 추위로 동사한 양이 한 마리를 발견하여 조용히 야외에 묻어주었노라고 애묘인 한 분이 늦게 말씀한다.

　주변에 사는 우리가 어쩌다가 동사시킨 듯하여 마음이 편치가 않다. 주문하여 설치해 준 겨울 집이며 수치로 풀을 이용한 여러 형태의 집도 이번 겨울에는 별 효과가 없었다. 확인하니 지하 주차장 구석에서 추운 겨울밤을 지새우는 것을 발견하고 겨울 집 일부를 그리로 옮겨 주었다.

고양이들에게 먹이 주지 마라, 고양이 집을 치우라 하고 극성떠는 사람들. 저희는 따뜻한 방에서 이불 덮고 자는 주재에 어린 생명을 구박하는데 안달하는 사람들이 원망스럽고 밉기까지 하지만 이것이 세상의 한 표상이니 이걸 또 어쩌나 하고 스스로 위로하고 분노를 다스린다.

〈까미〉를 위시한 길 냥이 두 마리가 햇볕 나는 대낮에 지상 주차장의 차 지붕 위로 올라가 햇볕을 쬐고 있다. 먹이 문제는 여러분들의 협조로 해결해도 겨울철의 물 문제는 난처할 때가 있다. 겨울이 다가와 물러날 때까지 마음은 항상 불안하고 안타깝다

그대는 영원한 남인가, 나의 고양이들

아파트 길고양이가 전부 어디로 숨었다. 다시 찾아온 추위에 좀 더 안온한 곳으로 옮겨 간 해석이 맞을는지도 모른다. 집 안의 두 마리 고양이, 로마와 꽁띠가 낮잠을 많이 잔다. 퇴근하고 집에 돌아와 두 양이의 이름을 불러도 반응이 없다. 이 방 저 방을 기웃거리며 찾아도 보이질 않는다. 참말로 대단한 녀석들이다. 집안의 어느 공간에 숨어있는지, 재주가 용하다. 마지막 방법을 동원하기로 한다. 참치 간식을 찾아 흔든다. 그러자 신기〈?〉하게도 이 저 구석에서 꾸역꾸역 기어 나온다.

이 애들의 변신술〈?〉 도피술 알아주어야 한다. 브러시로 등을 빗겨주면 좋아하는데 혹시 벼룩이나 다른 물컷 벌레 때문이 아닌지 걱정된다. 어느 날 화장실 문지방의 홈집이 있는 공간을 로마가 열심히 쳐다보고 있다. 자세히 들여다 보니 아주 작은 벌레가 솔솔 기어 내리고 있다. 섬세하게 보지 않으면 도저히 그 존재를 알 수가 없는 크기다. 아이고! 우리 로마 네 관찰력은 대단하고 나, 칭찬한다. 아는지 모르는지 로마는 두 눈만 껌벅인다, 어제저녁에 로마가 서재 방 의자에 앉아있는 걸 보고 내 침실 방 시트를 청소하기로 한다. 혹시 묻어있을 고양이 털을 뽑아야 하기 때문이다. 진공 청소기 소리가 나지 말자 번개같이 달려와 침대 위에 벌렁 누웠다. 아무리 달래고 얼려도 소용없다. 황소고집이 문제가 아니라, 고양이 고집이 더욱 억세다.

동물들의 이러한 섬세한 본능과 생태를 알기가 결코 쉽지마는 아닌 듯하다. 애완동물을 기르는 일이 단순한 소일거리가 아님을 알게 된다. 나의 지도 교수님이 이 세상살이는 송충이와 같이 싫은 존재와도 함께 사는 게 삶이라는 말씀을 예전에 해 주셨다. 좋아하고 사랑하는 애완동물에서조차 그 정서적 변화와 생리적 바램을 이해 못하는 자신이 집사 노릇을 온전히 할 수가 있을까. 자신에게 묻는다,

〈 너는 과연 네 동물을 얼마나 이해하고 있는 거야!〉

새벽에 있던 일

　새벽에 침대 아래서 소리가 난다. 잠결에 들리는 소리가 예사롭지 않다. 소리 난 곳으로 귀를 쫑긋하여 듣는다.

　야용‥ 고양이 소리다. 우리 고양이 가운데 한 녀석인 로마다. 소리를 듣고 모른체할 수가 없다. 일어나 말을 건넨다. 배가 고파? 심심해? 아마 표정으로 보아 이 두 가지가 모두 해당하는 듯싶다, 고양이 말을 좀 더 이해할 수 있으면 그 얼마나 좋을까 일어나 먹이통이 있는 거실로 간다. 로마도 울음을 그치고 뒤따라온다.

　요즈음 동물 사룟값도 많이 올랐다. 우리 고양이들은 metabolic 아니면 잘 먹지를 않는다. 다른 먹이는 냄새만 말고 고개를 외로 돌리니 보통 일이 아니다. 동물 사료비도 이제는 문제가 되고 있다. 질 문제, 나날이 치솟는 가격 문제는 이젠 공론화할 때가 되지 않을까. 품귀 상태의 이 먹이를 겨우 수소문하여 구해왔다.

이 녀석들아, 지금 추운 바깥 날씨에 한대서 떨며 움츠리고 있을 길고양이, 너희 형제 이모 조카 아버지 엄마를 생각 좀 해 보아라. 속으로 웅얼웅얼하지만 차마 말로 내뱉을 수 없다. 행여나 이 녀석들이 섭섭해할까 두렵다. 집사의 신세가 바로 이 점이다. 실내 간이 사우나를 사용한 후에 아직도 남아있는 열기가 아까워 애들이 들어가 몸을 푸는 것을 그대로 방치했더니. 지금은 으레 다음은 내 차례하고 두 녀석이 사이좋게 통 안에 들어가 앉아있다.

허참, 지금 세상은 애들 보는 데서는 찬물도 마시지 못한다는 말은 옛말이 되고 이젠 동물 앞에서도 찬물 더운물도 마시는데 사람이 눈치 보는 세상이구나. 그러나 제발 아프지만 말고 건강하게만 자라라. 가만히 침실로 돌아와, 먹이통에 머리를 내밀고 부지런히 먹고 있는 애들에게 부탁한다.

꽁띠와 실내 사우나

봄이 낼 모래인듯하다가 기온이 갑자기 내려갔다. 찬 바람이 귓불을 얼개 한다. 추위에는 다리에 근육통이 있는 나에게 실내 사우나는 꼭 필요하다. 거실 한구석에 있는 반신욕 사우나에서 음악을 듣고 있는 나를 한편에서 왔다 갔다 하며 꽁띠가 틈을 노리고 있다.

추위에 약한 이 녀석은 틈만 나면 햇볕이 따스한 거실에서 지낸다. 새침한 성격에 먹이 먹는 양도 조끔씩이어서, 조금 걱정이 된다. 평소에도 높은 곳을 유난히 좋아하여 실내 냉장고 위에 앉아 아래를 내려다보거나 잠을 잔다. 로마에 비하여 때로 토사물을 뱉어 위장염이 염려될 때도 있다.

검은 고양이는 예부터 별로 인기가 없는 터였다. 그러나 우리 집 검은 암컷 고양이 꿍띠는 겁이 많은 고양이, 검은 눈이며, 자르르한 예쁜 털을 지닌 양이다. 먹이통이 비어있을 때는 로마는 수놈이어서인지, 다가와 야옹‥ 신호를 한다. 이 녀석은 당최 그런 적극적인 의사 표현이 없다. 개성의 차이가 냥이들에게도 많은 듯싶다.

어라, 내가 사우나를 끝난 듯하니 번개같이 사우나 안의 남은 열기 속으로 뛰어든다. 오, 좋구나 이 따스함, 행복감〈?〉, 만족해하는 양이가 사랑스럽다. 우리 양이도 알까? 밖의 길고양이들의 고난의 겨우살이를. 아직도 차가운 겨울이 저만치 서성이고 있다.

꽁띠의 편지 1

불초 고양이 꽁띠가 잠 못 이루는 봄밤에 이 편지를 씁니다. 마음 아픈 일은 될 수 있으면 잊으려고 하면서도 잘 안되어 괴로웠습니다. 내가 살고 있는 집은 산허리에 자리 잡아 도시를 내려다보고 있어 많은 차들이 오가는 불빛이 아름답게 띠를 이루고 있습니다.

신세타령을 하는 것 같아 조금 멋쩍고 서글픈 생각도 듭니다. 집사님 말씀에 의하면 제가 아주 어린 새끼였을 때 시골 마을 개천에 빠져 허우적거리다가 용케 구출되어 맘씨 고운 고양이 카페 사장님의 돌봄이 시작되었다고 합니다. 사람도 마찬가지라고 합니다만, 사연 없는 생물이 어디 있을까요? 지금의 집사님 집으로 오는 날은 참으로 멀고도 두려운 여행이었습니다. 저보다 한 달 빠른 오빠가 함께 입양

되어 다행 중의 다행이었지요.

새로운 보금자리는 비교적 넓고 쾌적한 집이었습니다. 집사님이 초보라서 먹이 줄 때, 목이 마를 때를 구별하는 데 애를 먹고 계시어 안타까웠습니다. 더욱 당혹스러운 점은 집사님 마나님께서 얼마 전에 돌아가시어 집안에 슬픈 추억 이 서려 있어 동물인 저희도 썩 밝은 기분은 아니었습니다. 이곳으로 오면서도, 저를 살리려고 먹이를 구하러 이곳저곳 을 헤맨 어머니의 안타까운 모습을 떠올리고 너무 가슴이 메웠답니다. 제가 떠나온 후, 별고 없었는지 지금도 살아 계 신지 궁금도 합니다.

집사님과 따님은 저희를 알뜰살뜰 돌보시려고 많은 노력 을 하시고 모르는 점은 선배 집사님들의 도움말과 협조를 통하여 해결하였습니다. 오빠 로마는 저에게 힘들어도 참아 야 한다고 작은 소리로 말하였습니다. 집에서 바라보이는 앞산의 나무들이 파릇한 새순이 나고 잎으로 치장하여 아름 다운 산 풍경을 만들어 주어서 저희는 얼마나 다행인가 하 고 스스로 위로했답니다.

집사님은 때때로 앞산을 멍하니 바라보기도 하고 음악을 크게 틀기도 하셨습니다만, 저희 같은 동물이 집사님의 마음에 깃든 슬픔을 어찌 조금이나마 알 수가 있을까요? 그럭저럭 시간이 흐를수록 새로운 환경에 적응이 되고 우리 집의 분위기도 조금씩 밝아지기 시작했네요. 첫 겨울이 왔을 때, 집사님과 고모님〈따님〉은 저희의 월동을 챙겨주시기 시작했습니다. 아파트 화단에 터를 잡은 삐노 가족을 여간 걱정하고 먹이를 챙겨주시는데도, 애를 쓰셨어요. 아파트 주민 가운데 고양이 사랑을 하는 분들과 함께 간이 겨울 집을 주문하여 애들이 동사하지 않도록 애쓰시는 모습을 보고 너무 행복한 저희 처지에 감동했답니다.

밖에서 추운 겨울을 지내는 길고양이들의 처절한 삶의 투쟁은 말로 다 표현해서 무얼 할까요? 혹한에 먹을 것이 없어 굶주린 새끼들을 보다 못하여 먹이를 구하러 이곳저곳 심지어 이웃 동네까지 헤매는 그들에게 비하면 우리는 너무 복에 겨운 것도 같습니다. 어느 날 집사님과 고모님이 길고양이 새끼들이 보이지 않자 아마 동사한 모양이라고 슬퍼하시는 모습에 기가 막혀 오빠와 둘이 집 속에 들어앉아 훌쩍거렸네요. 그러나 그 누가 이러한 저희의 감정을 조끔이라도 이해할까요? 미물인 저희 동물도 감정은 어느 정도 있습니다. 표현이 서툴고 깊지 않아서 그렇지만 즐거움, 슬픔, 고마움 같은 감정은 다소나마 지니고 있답니다.

이렇게 저렇게 해서 시간은 흐르고 삶은 억척같은 의지 없이는 지탱할 수가 없었습니다. 동물로 태어난 우리들의 운명입니다.

꽁띠의 편지 2

고양이라고 불리는 제 운명을 이리저리 살핀들 무슨 가치가 있을까요? 그러나 까닭 없이 저희를 미워하는 사람들의 저주에는 때로는 견디기가 어렵네요. 고모님 말에 의하면 우리 아파트 화단 나뭇가지에는 고양이에게 먹이를 주지 마세요. 고양이 똥 냄새가 화단에서 나네요, 때로는 차 지붕 위로 올라가 흠집을 남길 우려가 있어요, 그리고 또. 온갖 흉을 써서 작은 플래카드를 만들어 나뭇가지에 매달아 났다고 들리네요.

저희 길고양이들이 가엽다고 먹이를 주신 분들은 천하에 생각 짧은 사람들로 매도한다네요. 길고양이 가운데 〈까미〉란 아이가 있다고 하네요, 지금은 청년이 다 되었다고 해야 맞겠지요. 저희는 전혀 얼굴 한번 보지 못했네요. 여러분들의 말로는 구내염과 위장염으로 심한 환자인 것 같다고 말씀하신다네요. 종일 다른 곳으로 피란도 못 가고 그 자리에서 먹이를 주는 분들을 기다리고 있다고 고모님이 말씀하시네요. 문제는 혹한 속에서도 옮겨 갈 피난처도 집도 없다고 합니다. 여러분이 의논하여 간이 겨울 집을 마련하여 어렵사리 두 겨울을 이겨냈다고 하네요. 따뜻한 방 안에서 배고픔을 모르고 집사 가족의 사랑만을 받고 사는 저희 양심에 찔려 괴로웠답니다.

〈까미〉가 아직도 그 질긴 목숨을 견디고 있다는 소식에 그 의욕과 용기에 놀랐습니다. 이웃 동네 아파트에서는 서로 이야기가 원만하게 풀려 먹이 집을 만들어 이 문제를 해결하였다고 하네요. 그러나 저희 종족과 무슨 원수를 척 졌는지 우리 동네는 여전하네요. 참 세상인심도 가지각색인 듯합니다. 동물보호법이 강화되었다는 소식도 들렸는데 변화된 건 아무것도 없네요. 되려 죄 없는 고양이를 칼로 난도질했다는 끔찍한 소문 기타 말로 도저히 옮길 수 없는 소문만 휭휭 바람처럼 들리네요.

저희의 팔자라고 곡을 할 수도 기도를 할 수도 없는 처지입니다. 중세 유럽에서 흑사병이 대유행할 때 균을 옮기는 쥐를 박멸하여 그래도 큰 공로를 세운 저희 종족이 오히려 원수로 둔갑하여 사람들의 미움과 타도 대상이 된 이해 안 되는 일이 지금까지 불가사의이네요.

우리 땅에서도 몇십 년 전까지 시골에서 쌀을 저장한 곳간 쥐들의 습격을 막아내 큰 역할을 한 저희, 다 지나간 일이라 말로 들먹인들 소용없는 넋두리입니다. 그러나 저희는 희망을 버리지 않고 있습니다. 희망의 끈을 놓지 않는 사람에게는 반드시 희망은 돌아온다는 진실을 믿기 때문입니다.

꽁띠의 편지 3

　오늘 밤하늘엔 별이 참 많은 것 같습니다. 그 많은 별 가운데 하나라는 이곳에 제가 살아있다는 것이 참으로 기적 중에서 기적인 듯합니다. 집사님은 잠이 오지 않는 밤엔 혼자 인터넷에서 밤하늘의 별들을 서핑하고 계십니다.

　이분이 감탄하면서 보고 계신 화면을 몰래 엿보면 목성 화성 그리고 달이 무적의 용사처럼 외롭게 우주에 존재하고 있는 모양입니다. 집사님이 감격의 파도를 타고 우주의 어디까지 날아가는지는 저도 알 길이 없네요. 어느 날 로마 오빠가 하도 열심히 열려있는 화장실 벽을 보고 있어 저도 긴장한 적이 있었습니다.

　아주 작은 벌레 하나가 벽면을 타고 열심히 내려오고 있었습니다. 오빠는 도대체 이게 뭐지? 왜 이리 황급히 움직이지? 하고 경이롭게 관찰하는데 정신줄을 놓고 있었네요. 그러나 벌레는 다른 일에는 관심을 전혀 끄고 열심히 제 갈 길을, 제 할 일만 목표로 움직이고 있었습니다. 그 벌레는 삶의 의미를, 생명의 존귀함에 대한 철학적 고민으로부터 번민의 이 밤을 보내고 있다는 그 어느 증후도 없었습니다. 오직 현재의 상황에 대한 최선을 다할 뿐이었습니다.

도시의 봄밤은 이따금 들리는 자동차 소리, 아랫마을에서 올라오는 작은 잡다한 소음만이 세상을 감싸고 있습니다. 제 엄마 생각이 나네요, 그리고 말라 비튼 엄마 젖을 함께 빨던 일곱 형제들, 지금은 다 어디서 저 밤하늘을 보고 있을까요 아니면 진즉 하늘나라의 별이 되어 있을까요. 나도 모르게 눈물이 나네요, 엉엉 울고 싶네요, 그러나 여기는 내 집이면서도 내 집이 아니지요. 별똥별 하나가 쏜살같이 곤두박질하며 땅으로 내려오네요.

내가 어쩌다가 고양이로 태어났는지, 고양이 운명으로 점지하신 하느님 이외는 그 누구도 모를 일이지요. 이렇게 마음이 먹먹할 때는 우리 집사님은 벽에 걸린 십자가상 앞에서 기도하시곤 합니다만 저는 기도할 줄도 하느님 앞에 무릎 꿇고 간구할 줄도 모릅니다. 그러나 저희 엄마, 형제들, 살아있으면, 좀 더 평화로운 환경에서 살기를 바랄 뿐입니다. 굶주림에 눈알이 뒤집힌 경우도 없고, 모진 추위에 팔다리가 잘려 나가는 일도 없이, 오직 살아 있을 때, 감사한 마음으로 하늘의 별 가운데서 서로의 얼굴 모습을 찾고 또 찾기를 바랍니다.

벚꽃 피는 밤

밤사이에 벚꽃이 피기 시작한다
꽃술이 눈 뜨기 시작한 밤의 요정
눈을 볼 수가 없다
그 눈을 어떻게 알 수 있을까
밤이슬 머금고 별과 노래하며
이 세상을 향해
기쁨을 노래하였을까
우리 집고양이 꽁띠처럼
까만 눈 굴리며
이 세상 모든 게 야릇하고 이상한
나라의 앨리스라고 생각하였을까
꽃이 말하네

코로나 코로나

잠시 잊으세요

잊고 노래하세요

꽃의 노래를

기쁘게 가슴에 품고

사랑하세요

삶은 저희들처럼 기약 없이

피어나고 다시 지고

되짚어 사는 과정이 아니겠어요

봄 꿈이 바로 인생이랍니다.

빗질하기

동물의 생태를 파악하는 일, 결코 쉬운 일은 아니다. 밤중에 느닷없이 로마가 침대 옆으로 다가와서 소리를 낸다. 배고파? 심심해? 가려워? 삼 단계로 상황을 파악하기 위한 고양이와의 수화 작전〈?〉을 펼친다. 그러나 상대방의 뜻을 얼른 헤아리기가 쉽지 않다. 하물며 고양이와의 소통은 초보 집사에게는 정말로 난감하다.

이제는 조금 감이 잡혀 일단 입맛을 다시며, 배고파? 하고 말을 건넨다. 반응이 신통치 않아 일어나서 스크레처로 향하면서 따라오라는 손짓한다. 로마가 뒤따라온다. 옳지, 이젠 제대로 파악이 선 셈이다. 스크레처를 오르자 벌렁 누인다. 빗질해 달라는 소리가 맞구나 하고 얼른 빗으로 로마의 몸 여기저기를 빗는다. 기분이 좋은 듯, 로마는 사르르 눈을 감고 빗질을 즐기는 듯하다가 느닷없이 내 손을 물려고 한다. 처음에는 깜짝 놀랐으나 이게 애정 표시임을 깨달은 다음부터는 재빨리 손을 치우며 나무란다. 안돼, 이러면. 로마는 고개를 돌리고 눈을 감고 몸을 이리저리 굴린다. 빗질을 고루 해달라는 표시다. 빗질은 깃털을 지닌 양이에게는 더욱 필요하다고 한다.

날마다 고양이로부터 떨어져 나오는 털의 많은 양이란 결코 보통은 아니다. 실내의 이곳저곳에 날아다니는 광경은 결코 소홀해서는 안 될 성싶다. 이게 집 안에 거주하는 가족들에게 미치는 영향은 심각할 수도 있을 것이다. 특히 겨울, 늦가을은 요주의다. 반드시 환기에 공을 들여야 하고 털의 관리에 신경을 써야 한다. 긴 털 고양이는 털이 서로 엉켜 문제가 생기고 피부염이나 벼룩 같은 기생충이 살기에 안성맞춤이다. 더욱 곤란한 건 털이 뭉쳐 헤어 볼을 만드는 경우다. 이를 양이가 삼키게 되면 장이 막혀 장 폐쇄 같은 응급 질환으로 수술까지 하게 되는 경우다.

자기 전에 로마가 몸을 누고 잘 자는 곳은 공기 청소기로

이어서 진드기로 한 번 정도는 훑으며 지나간다. 그러나 이
게 완전한 해법은 아니다. 원천적으로 계속하여 털이 나고
털을 뿌리는 상태이기에 여기에 대한 대책이 우선이라고 여
겨진다. 이러한 사소한 돌봄이, 사랑하는 양이에게는 얼마
나, 필요하고 절대적인 관심의 포인트가 되는지 이제야 깨
닫는다.

로·꽁에게

너희들아, 내 눈을 찬찬히 보거라. 짧지 않은 시간을 너희와 지내며 많은 위로와 감동을 나에게 안겨 주었다. 진심으로 고맙게 생각한다. 사실 너희를 만나기 전에는 동물의 존재에 대해 흔들리는 생각은 물론이고 가치조차도 흐리멍덩한 생각을 지니고 있던 게 사실이다. 나를 뉘우치고 다시금 생각을 바로잡는 계기가 되었다.

너희가 처음 입주하던 날, 나는 즐겁다는 심정보다는 좀 어리둥절하고 너희의 세상을 모르는 나의 멍청한 사유의 한계를 깨닫고 무진 고민했단다. 가족의 해산을 태어나면서부터 치른 너희가 안타까웠단다. 동정의 눈으로 너희들이 뛰노는 모습을 접하고 배고프면 허겁지겁 먹이를 찾고 물그릇

주위를 맴도는 너희들에겐 절박하나 내 눈에는 천진한 모습이었다. 집 마나님이 하늘나라로 떠난 지난 두 해의 세월이 나에겐 너무 힘들었단다. 그러나 너희의 천진하게 뛰노는 모습에 많은 위로를 받았다.

생명에 대한 나의 짧은 생각을 다시금 되돌아보는 계기도 되었단다. 하느님은 이 세상에 헤아리기 어려운 온갖 동물과 식물을 창조하셨다. 생명을 지닌 이들 존재에 대한 오만한 생각 사람이 언제나 그 위에 있다는 생각이 나를 좁은 사람으로 쥐어 잡았단다. 생명에 대한 귀중함, 사랑. 이것들을 다시금 찬찬히 생각하게 하고, 수많은 생명체에 대한 가치를 공유하도록 하시는 하느님의 뜻을 받아들이고자 노력하마.

사랑하는 로.꽁아! 아프지 말고. 배고프면 소리 내고, 추운 날에는 우리 집에서 가장 따뜻한 곳에 자리 잡기 바란다.

에필로그

　유아기를 거쳐 우리 집에 입양된 로마와 꽁띠는 소아 청
소년기를 보내고 있다. 이야기를 접으며 애들이 더 자라서
성인기를 지나며 어떤 모습과 행동 양상으로 변화를 가져올
는지가 무척 궁금해진다. 프랑스 소설가 베르나드 베르베
르의 작품 〈고양이〉의 주인공 〈바스테트〉처럼 인간과 동
물의 소통을 원하는 천부적인 능력의 고양이는 기대하지 않
지만 사람과 정을 주고받으며 행복하게 살아가는 두 양이의
이야기를 말할 수가 있는 날을 독자와 함께 기다려 본다.

초보 고양이 집사 이야기
정진홍 에세이

인쇄 2023년 04월 26일
발행 2023년 05월 04일

기   획 김은경
편   집 박윤정
발행인 이은선
발행처 반달뜨는 꽃섬 [서울시 송파구 삼전로10길50, 203호]
연락처 010 2038 1112   E-MAIL itokntok@naver.com

ISBN 979-11-91604-19-1   03800